羅生門
らしょうもん
EX-LIBRIS
©DEE TEN PUBLISHING CO.

日本經典文學

羅生門

芥川龍之介／著
李燕芬／譯

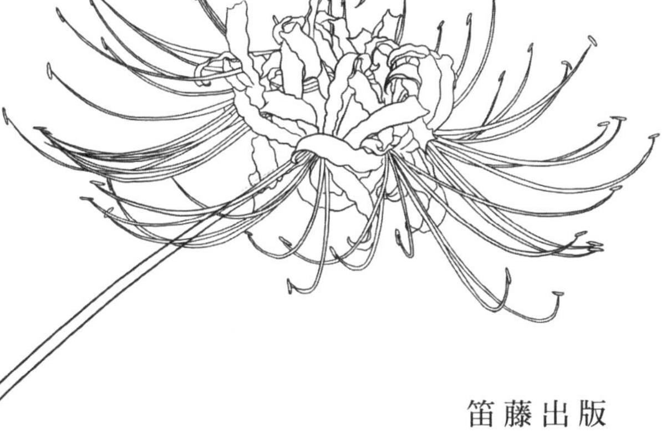

笛藤出版

目次

羅生門。

如果要打破一籌莫展的僵局，就無暇選擇手段了。如果要選擇手段，也只會餓死在牆角或是路邊，最後像野狗一樣被人拖到城門丟棄罷了。

這是發生在某天傍晚的事情。話說有一名家僕在羅生門[1]下等雨停。

在這寬廣的城門下，除了這名男子以外就沒有其他人了，只有一隻蟋蟀停在一根斑駁的紅漆大圓柱上。由於羅生門位於朱雀大道這條主要道路上，總覺得除了這名男子外，應該還會看到兩、三名頭戴白紗帷帽或是揉烏帽子[2]的人一同在羅生門下躲雨。可是，這裡只有他一人。

為什麼會這樣呢？這兩、三年來，京都這一帶歷經了地震、颶風、火災及饑荒等等的天災，洛中地區[3]因而變得蕭條無比。根據古書上的記載，甚至連佛像及佛具都被人們破壞殆盡，那些塗著紅漆或是貼有金箔的木頭都被人堆在路旁，當成柴薪賤價出售。由於洛中的狀況如此淒慘，羅生門的修繕作業自然也就乏人問津。不過，這般荒蕪之處卻意外受到某些人的青睞，像是狐狸會來此棲息，盜賊之輩也藏匿於此。甚至到了最後，那些無人認領的屍首也被抬至此門丟棄。因此，當太陽下山後，這裡的氣氛就開始顯得陰森詭譎，令人感到不寒而慄，沒人敢走近。

不過卻有一群不知從哪飛來的烏鴉開始群聚於此。白天，那些烏鴉會在上空畫圈般，繞著城門屋脊的吻獸啼叫盤旋。當城門上空被晚霞染成一片火紅時，成群的烏鴉就像被撒在天上的芝麻，看得分外清楚。當然，這些烏鴉是為了啄食羅生門上的屍體肉而來。但今天或許是因為時間晚了，竟連一隻烏鴉都沒見著。在即將傾塌、雜草沿縫而生的石階上，只看得到許多烏鴉糞便的白點。家僕在七級石階的最上端，將褪色的藍襖墊在臀下，一面在意著右頰那偌大的面皰，一面茫然地望著雨景。

作者在開頭寫著「家僕在羅生門下等雨停」。不過，不管雨停不停，對這家僕而言都沒有什麼特別的意義。一般來說，一旦雨停了，他就應該要立刻趕回主人家。但早在四、五天前，他就已經被主人解僱了。如前所述，當時的京都蕭條無比，而這名家僕會被長年

1 日本平安時代，京都中央大道——朱雀大道南端的正門「羅城門」，之後也被世人念作「羅生門」。

2 搭配和服的黑色禮帽，原本只限公卿佩戴，到平安時代後普遍至一般庶民。

3 即京都。

服侍的主人解雇，也只不過是這股風波中，一段微不足道的小插曲罷了。所以，與其說是「家僕在羅生門下等雨停」，不如說「被困在雨中的下人，無處可去，對未來感到徬徨無助」要來得恰當。況且，今日的天色也讓這名生於平安京的下人感染了哀愁的情緒。從申時開始下起的雨，到現在都沒有要停的跡象。此時，下人心想，當務之急就是要想辦法解決明日的生計——也就是要解決一個束手無策的難題。他毫無頭緒地陷入苦思，心不在焉地聽著朱雀大道傳來的落雨聲。

大雨籠罩著羅生門，淅瀝的雨聲從遠方襲來。夜幕漸漸低垂，抬頭一看，只見城門屋頂斜斜伸出的飛簷正支撐著沉甸陰暗的雲翳。

如果要打破一籌莫展的僵局，就無暇選擇手段了。如果要選擇手段，也只會餓死在牆角或是路邊，最後像野狗一樣被人拖到城門丟棄罷了。如果不擇手段——下人的思緒不斷徘徊於同一條思路上，最後鑽進了牛角尖裡。然而，這個「如果」終究還只是「如果」而已。下人雖然肯定「不擇手段」，但若要實現這個「如果」，自然會得到「除了淪為盜賊外，別無他法」的結果，他雖然積極地認同這個做法，卻沒有勇氣放手去做。

他打了一個大噴嚏，懶懶地站起身來。此時的京都寒冷得令人想生火取暖。隨著暮色漸深，寒風也肆意地吹過門樓的柱間。剛剛還停在朱漆圓柱上的蟋蟀這時早已不知去向。

下人冷得縮起了脖子，他拉高穿在黃色汗衫外的藍棉襖衣領，環顧著城門的四周。他想著，如果有一個能避風雨，又不必擔心遭人側目，可以安穩地睡上一晚的地方，那該有多好呀！這時，他幸運地瞄到門上有個通往上方的梯子，那是座寬敞且塗有紅漆的梯子。上面就算有人的話，也應該都是死人吧！於是下人小心翼翼地不讓繫在腰間的聖柄長刀滑出刀鞘，跨出一隻穿著草履鞋的腳，踏上了階梯的第一階。

過了幾分鐘後，在前往羅生門上頭的寬梯子中間，有名男子像貓兒般蜷縮著身子，屏住氣息，窺探著樓上的動靜。樓上投射下來的火光，微微地照亮了那個人的右頰，短短的鬍鬚中，有一顆已紅腫化膿的面皰。下人原以為樓上只有死屍，不過當他爬上了兩、三格階梯後，就發現有人在樓上點著火把，火光還四處移動著。那昏暗混濁的黃色火光搖曳在布滿蜘蛛網的天花板上，一看就知道有人待在上面。在這樣風雨交加的夜晚裡，會在羅生門上點火的人，想必不是個簡單人物。

下人像壁虎般躡手躡腳地爬著梯子，費了一番功夫，總算爬上陡峭的梯子頂端，他盡可能壓低身子，慢慢將脖子往前伸直，戰戰兢兢地觀看閣樓四周的動靜。

只見閣樓果真如傳言所說，有幾具被人隨意丟棄的屍體，因為火光能照射的範圍比預料中狹窄，所以看不出到底有幾具屍體。不過，從朦朧的火光中依稀能看出這些屍體裡有幾具是有穿衣服的，有幾具則是裸身的，當然這其中有男屍也有女屍。看到這種景象，不禁令人懷疑他們真的曾活在這個世界上嗎？因為他們看起來就像用泥土捏出來的人偶，有的張大著嘴，有的攤開雙臂，胡亂地躺臥在地上。再加上肩膀和胸部等突起的部位，在昏暗朦朧的光線下，令較低的部分形成陰影，就像永遠都不會出聲的啞巴一樣，靜靜地躺在那裡。

那些屍體因腐爛而發出陣陣惡臭，下人忍不住用手摀住鼻子。不過在那一瞬間，有件事讓他幾乎忘了要繼續摀著鼻子。因為他的嗅覺，已被某種強烈的情感取代了。

此時，下人發現有一個人蹲在那些屍體堆中。那是個身穿檜木皮色衣服，身材瘦小，滿頭白髮，長得像猴子的老婆婆。老婆婆的右手舉著松木碎片火把，雙眼直盯著其中一具屍體的臉孔，從屍體所留的長髮來判斷，應該是一具女屍吧！

下人心中懷有六分的恐懼及四分的好奇，剎那間，他甚至忘了換氣，這種感覺就如舊誌作者所形容的「毛骨悚然」[1]。接下來，老婆婆將木片插在地板縫中，然後雙手抱起那顆她注視已久的頭顱，接著就像母猴替小猴抓蝨子般，她開始一根一根地拔起那頭長髮。而頭髮就順著她的手被拔起。

隨著髮絲一根一根地脫落，下人心中的恐懼也就一點一點地消失。而與此同時，心中漸漸湧出對老婆婆的厭惡感。——不對！如果說「對老婆婆的厭惡感」或許有語病，應該說他開始憎恨起所有惡行。這個時候，如果有人重新再問下人一次，他剛剛在城門下想的

1 語出《今昔物語集》卷二十四第二十篇〈妻死殭屍為害請陰陽師驅邪〉。

問題——該餓死街頭？還是成為盜賊？恐怕這時的他，會毫不猶豫地選擇餓死街頭。可見這個男人此時憎恨罪惡的情感，就如同老婆婆插在地板上的火把一樣，正熾熱地在他心裡熊熊燃燒。

下人當然不知道老婆婆為什麼要拔死人的頭髮。因此，在理論上，他也不知道應該將其行為歸於善還是惡。但是對下人而言，他認為在這樣風雨交加的夜晚，在羅生門上拔死人的頭髮，是一件罪不可恕的事情。當然，下人此時已忘了稍早前他曾考慮當盜賊的事。

於是，下人兩腳一使勁，快速地爬上樓，一手緊握刀柄，大步朝老婆婆的方向前進。而老婆婆自然受到相當大的驚嚇。

老婆婆一看到下人，就像是拉緊的弦般快速彈了開來。

「喂！妳想逃去哪！」

老婆婆在屍體中跌跌撞撞，慌張地想逃，而下人卻阻擋了她的去路，並如此喝斥道。儘管如此，老婆婆依然想推開下人逃跑。而下人也再次擋住她的去路，將老婆婆推回去。

他們兩人就這樣一語不發地在屍體中拉扯了好一陣子。不過，勝敗一開始就分曉了。下人最後抓住了老婆婆的手臂，將她扭倒在地。那手臂瘦得只剩皮包骨，宛如雞爪。

「妳到底在做什麼？快說！不說的話，可要讓妳見識這玩意兒！」

下人放開老婆婆後，便抽出長刀，把白晃晃的刀身逼近老婆婆的眼前。但老婆婆卻閉口不言。她雙手微微地顫抖，抖著雙肩不停地喘氣，雙眼睜得老大，彷彿眼球就要爆出眼眶似的，像個啞巴般頑固地不願開口。看到這種情況，下人才意識到這老婆婆的生死正操縱在自己的手中。而這股意識，就在不知不覺中澆熄了他熊熊燃燒的憎恨感。剩下的，只有圓滿達成某件工作時的安穩、得意和滿足感罷了。因此，他降低聲調溫柔地對老婆婆說：

「妳不用緊張，我不是檢非違使廳[1]的官吏，只是方才路過這裡的旅客，所以不會將妳用繩子綁起來或是找妳麻煩。我只想知道，妳現在為什麼會在這裡做這種事？」

聽到下人這麼說，老婆婆原先睜大的雙眼又張得更大了。她目不轉睛地打量著下人，

1 日本中古時代，取締、裁決罪犯，並維持治安的機關。

就像禿鷹發現獵物般專注。過了一會兒，她嘴裡彷彿嚼著什麼東西似的，微動著那皺得幾乎要與鼻子相連的嘴唇。細瘦的喉頭裡，甚至可以看到尖尖的喉結緩慢地蠕動。這時，從她的喉嚨深處，發出了烏鴉啼叫般的聲音，氣喘吁吁地傳進了下人的耳裡。

「我想說，拔下這頭髮……拔下這頭髮……可以做成假髮拿去賣錢。」

老婆婆的回答意外地無趣，他感到相當失望。在失望的同時，剛才那股憎惡感又伴隨著冰冷的輕蔑悄悄地爬回心底。老婆婆似乎也察覺到下人的變化，便單手拿著拔下來的長髮，以蛤蟆低鳴般的聲音，結結巴巴地說著：

「的確，我拔死人的頭髮或許不道德。但這些人生前也不是什麼好東西。就像現在被我拔頭髮的這個女人，她生前總是把蛇切成四段，曬成乾後充當成魚乾，帶到東宮侍衛班賣給侍衛。不知情的侍衛還稱讚她的魚乾很好吃，天天買魚乾配飯吃呢！要不是因為生病死了，她現在一定還在做這種生意。我不認為這個女人做的事有什麼不對，畢竟不這麼做就只能餓死。所以，我也不認為我這是在做壞事。要是不這麼做就會餓死，我也是身不由己的！這個女人要是知道我這麼做是迫於無奈的話，想必會原諒我的。」

老婆婆大概說了這些話。

下人將刀收進刀鞘，左手握住刀柄，冷淡地聽著老婆婆說話。聽話的同時右手當然還是摸著那顆紅腫化膿的面皰。只是聽著聽著，他心中突然萌生出一股勇氣，這股勇氣是剛才在城門下所欠缺的，也與他剛才抓住老婆婆時湧現出的正義感不同。下人不再為了要餓死街頭，還是要當盜賊而猶豫不決了。若要闡述他這時的心情，「餓死街頭」這件事已經不在考慮範圍內，早已被他拋出意識之外。

「真的是這樣嗎？」

老婆婆的話一說完，他就用嘲笑的語氣低聲反問。接著，他突然把腳往前一跨，右手離開那顆大面皰，抓起老婆婆的衣領，凶狠地說：

「那麼，如果我搶走妳的衣服，妳應該也不會恨我吧！因為我要是不這麼做的話，一定也只有死路一條。」

於是，下人迅速地脫下老婆婆的衣服，再狠狠地把飛撲而來的老婆婆踹倒在死屍上。將搶到手的檜木皮色衣服夾在腋下後，下人迅速衝到離他五步遠的階梯口，循梯而下，奔向黑夜的深淵中。

不一會兒，如死人般動也不動，臥倒在地的老婆婆赤裸著身子，從屍堆中爬了起來。老婆婆發出像喃喃自語，又像是呻吟的聲音，藉著仍在燃燒的火光，吃力地爬到階梯口，她倒豎著灰白的短髮，窺探著羅生門的下方。而外頭，只有漆黑的夜。

爾後，沒人知道那個下人究竟跑到哪裡去了。

芋粥。

人類有時會為了追求一個不知能否實現的願望而窮極一生。
而嘲笑這股傻勁之人，不過是人生路上的一名過客罷了。

故事大概發生在元慶末年或仁和年初。但對這個故事而言，什麼時候發生的並不重要。各位讀者們只要知道這是一個發生在平安朝，距離現代稍微久遠的故事就夠了。在那時候，攝政藤原基經[1]的侍衛之中，有個名為某某的五位[2]。

雖打算明確寫下其姓名，而非以某某稱之，只可惜舊誌沒有記載他的事蹟。或許是因為他只是個凡夫俗子，沒資格記載於舊誌中。想必舊誌的作者對這種市井小民並沒有多大的興趣。他們在這一方面，和日本自然派作家的作風可說是大相逕庭。王朝時代的小說家可能沒那麼多閒人。——總之，故事主角是攝政藤原基經侍衛中的「某五位」。

五位是個其貌不揚的男人。他身材矮小，鼻子紅通通的，眼角還下垂，嘴邊的鬍子也很稀薄，又因為兩頰消瘦，所以下巴看起來比一般人還要細長。至於嘴唇……真要說也說不完。總而言之，五位的外貌就是這般平凡且十分邋遢。

沒人知道這個男人是何時何以當上基經的侍衛。但唯一能確定的是，他一直以來，都穿著那件褪色的水干[3]，戴著同一頂皺巴巴的烏帽子，每天不厭其煩地做相同的工作。或許是因為這樣，至今見過他的人，都無法想像這位仁兄也曾年輕過（五位已年過四十）。相反地，大家都認為五位自出生以來，就頂著看似寒冷的酒糟鼻和寥寥無幾的鬍鬚，站在朱雀大街上風吹雨淋。上至主人基經，下至放牛的牧童，都對此深信不疑。

這樣相貌獨特的男子會遭受何種待遇，應該就不必多費筆墨了。在侍衛營中，五位受到的注目恐怕連一隻蒼蠅都不如。不論有無品階，甚至連二十名左右的差役，對他的一舉一動都出奇地冷淡。每當五位想開口發言，他們也不會停下閒聊。對他們而言，五位就如同空氣般，連礙眼都談不上。連差役的態度都如此，那些別當[4]或侍衛營的高官更不消說，

1 藤原基經（八三六年～八九一年），日本平安時代的公卿。當清和天皇、陽成天皇、光孝天皇、宇多天皇，四代天皇執政時，他是擁有朝廷實權的人。

2 五位乃昔日日本中低官階之名。

3 平安時代貴族公卿常穿的禮服。

4 日本平安時代至江戶時代的官職，專指親王家、大臣、社寺、檢非違使廳等特別機關的長官。

自然是沒把他當一回事。一面對五位，他們就會將幼稚且毫無意義的惡意，隱藏在冷淡的神情下，要和他說什麼也都只用手比劃了事。人類會有語言並非偶然，因此有時也會有無法用比手畫腳傳達的事。然而，他們似乎認為一切都怪五位的領悟力不夠。每回溝通不良時，他們的視線便會從五位的歪扁烏帽，一路看到那雙快穿破的草鞋，上上下下打量個沒完沒了，接著嗤之以鼻地轉身離去。儘管如此五位也不曾發過脾氣。因為他是個懦弱膽小的人，甚至會把遭受到的不合理待遇都視為理所當然。

然而，他的同僚們更是變本加厲地戲弄他。年長的同僚，會拿他的長相說些老掉牙的笑話，而年輕的同僚也會借機練練耍嘴皮子的功夫。這些人當著五位的面，不厭其煩地大肆評論他的鼻子、鬍鬚、烏帽子和水干。就連五、六年前和他離婚的戽斗老婆，以及與他老婆有染的花和尚，也都是他們茶餘飯後的話題。除此之外，他們甚至喝光五位竹筒裡的酒後，撒尿在其中……諸如此類的惡劣玩笑更是不勝枚舉，其他的惡行相信不需多做說明也想像得到。

可是，五位對這些揶揄嘲弄卻毫無感覺。至少以旁觀者的角度來看，會覺得他無動於衷。不管人家對他說了什麼，他都面不改色地默默撫摸著稀疏的鬍鬚，依然故我。不過，當同僚在他的髮髻上紮紙片，或將他的草鞋綁在太刀刀鞘上，做這類太過火的惡作劇時，他才會哭笑不得地說道：「你們這樣子是不行的！」無論是誰，只要看到他的神情，聽見他的聲音，一時之間都會萌生出憐憫之情。（因為，他們不只會欺負酒糟鼻五位，也欺凌了一些素昧平生的人，而這些為數眾多的受害者們，正藉著五位的表情和聲音，譴責他們的冷酷無情。）——這種情感，雖然模糊，卻也在一瞬間滲透到他們心中。然而，會一直將這股情緒放在心上的人，可說是少之又少。就在那少數人之中，有位從丹波[1]來的無位武士，是才剛長出柔軟鬍鬚的後生之輩。當然這年輕人剛開始也和其他人一樣，會沒來由地欺負赤鼻五位。但是某天，他湊巧聽到五位說：「你們這樣子是不行的！」此後，那道聲音就在他腦海裡盤旋不去。從那天起，年輕人眼中的五位，像是完全變了個人。在五位

1 現今日本的京都府中部、兵庫縣東部以及大阪府一帶。

那營養不良、毫無血色的木訥呆臉中，他也看見了正哭訴著遭受世間迫害的「人」。每當想到五位的遭遇，他就會覺得，這世間所有的人事物，都突然現出了其原有的卑劣。與此同時，看著五位被凍紅的鼻子，和少到數得出來的鬍鬚時，總會有一絲安慰莫名地傳進心底……。

但也只有這位年輕武士這麼想。除了他之外，五位仍受到周遭的鄙視，過著像狗一般的生活。首先，他連一件像樣的衣服都沒有，雖然有一件灰藍色的水干與同色的指貫[1]，但現在都已經泛白，成了藍不藍青不青的色彩。儘管如此，水干還勉強湊合能穿，只是肩頭有些微塌陷，圓形衣繩和菊綴[2]有些褪色而已，但指貫的下擺卻破舊不堪，每每看見五位從指貫中露出沒穿襯褲的細腿時，那些愛損人的同僚，就會笑他像隻瘦弱的牛，拖著一位貧窮相的公卿座車，一步一顫悠。而且他的佩刀也非常奇怪，刀柄上的金屬鬆動，刀鞘上的黑漆也已剝落。如此的一位赤鼻仁兄，腳上拖著破爛草鞋，平時就駝背的他，在冷冽的寒天下把背縮得更彎，腳踩碎步帶著渴望的神情左顧右盼，這副模樣也難怪路上的販夫走卒都覺得他很可笑。而現在，甚至還發生了這種事……。

有一天，五位經過三条坊門往神泉苑的方向前進時，看見六、七個小朋友聚在路邊不知道在做什麼。心想他們可能是在打「陀螺」吧！他從後頭湊身一探究竟，他們竟拿繩子拴住不知打哪來的迷途長毛狗，還對牠又打又踹。向來膽小如鼠的五位，雖然之前也曾遇過令人同情之事，卻因為顧忌別人，從來不敢挺身而出。不過，今日見對方是小孩子，於是生出了幾分勇氣，他盡可能地擠出一絲笑容，拍了拍一個年紀較大的孩子肩膀，然後說：「你們就放過牠吧！這樣打小狗，小狗牠也會痛的！」只見那孩子轉過身來，眼珠子往上瞪，用一副不屑的表情，直盯著五位瞧——就像侍衛隊的別當覺得無法和五位溝通時的表情——「不用你多管閒事！」那孩子後退一步，撇著嘴回了他一句。「怎樣！你這個紅鼻子。」這句話讓他覺得自己像是被賞了一記耳光。但他並沒有因為遭人口出惡言而感到憤怒，反倒覺得因多嘴而自取其辱的自己很窩囊。碰上這窘境，他只好用苦笑掩蓋一切，默

1 一種有繫腳帶的褲子。

2 用來遮蔽衣服縫合處的裝飾物。

默朝神泉苑的方向繼續前進。他離開後，那六、七個孩子肩並著肩，對他吐舌頭做鬼臉。這些舉動五位自然是不知情。就算知道了，對這懦弱無能的五位而言，又能如何呢？

難道故事中的主角，生來就只是讓人欺負，不抱一絲希望地活著嗎？其實並非如此。五位大約從五、六年前開始，就對「芋粥」這道料理情有獨鍾。所謂的芋粥，就是將山芋切片，再以甘葛汁熬煮成粥。在當時這可是屬於非常頂級的佳餚，甚至還曾納入君王的膳食裡。因此，像我們五位仁兄這等人，也只能等一年一度的「臨時客宴」才能吃到。不過那時能吃到的量，也僅只於淺嚐而已。因此，可以飽餐一頓芋粥，是他長久以來唯一的夙願。當然，這件事他從未告訴過任何人。不！或許連他本人都不曾清楚意識到這是他的平生之願。但實際上，說五位是為了大啖芋粥而活也不為過……。人類有時會為了追求一個不知能否實現的願望而窮極一生。而嘲笑這股傻勁之人，不過是人生路上的一名過客罷了。

只是，五位希望「飽餐芋粥」的夢想，竟然輕而易舉地實現了。而記錄整件事情的始末，正是寫下這篇芋粥的目的。

事情發生在某年的正月初二，當時基經的府第正舉行「臨時客宴」（臨時客宴的舉辦日期與二宮大饗[1]相同，由攝政關白宴請大臣以下的公卿一同享用佳餚，同大饗無異）五位也和其他侍衛一起享用公卿大臣們吃剩的菜餚。當時還沒有將殘餚分食給地位卑微之人的習慣，所以就由侍衛們齊聚享用那些剩下來的菜餚。雖然等同大饗但故事年代久遠，因此品類雖多卻不算什麼高級料理。大凡不過一些麻糬、伏菟[2]、清蒸鮑魚、鳥肉乾、宇治冰魚、近江鯽魚、鯛魚乾條、鮭魚子、烤章魚、大蝦、大柑、小柑、橘子、柿子串等等，而每年都一定會有一道芋粥。五位每年都期待能喝到芋粥。只是，所謂的粥少僧多，要分

1 平安時代的每年正月二日，親王、公卿等大臣會到宮裡向中宮（皇后）、東宮（太子）拜年，之後設宴一同享用大餐。

2 油炸的餅。

食的人數眾多，相對地自己能吃到的量就非常有限，而今年分到的量更是少之又少。可能是心理作用的關係，他總覺得今天的粥特別好喝。所以，喝完之後他還依依不捨地盯著空飯碗瞧。他一邊用手掌拭擦鬍子上的殘滴，一邊自言自語地說道：「不知何時才能喝個痛快啊……。」

「看來大夫閣下不曾飽餐過芋粥呢！」

五位的話語未落，已有人出言嘲笑了。那嗓音低沉且相當威武有力，聽得出是習武之人的聲音。駝背的五位抬起頭，膽怯地朝那個人的方向望過去。那聲音的主人，乃是當時一同侍奉基經的民部卿時長之子藤原利仁。只見這個人虎背熊腰，身材極為雄壯威武，他一邊吃栗子，一邊喝黑酒，似乎已經有幾分醉意了。

「真是可憐呢！」利仁看著抬起頭的五位，以憐憫及輕蔑的口吻繼續說：「如果你真的這麼想吃，就讓我來實現你的美夢吧！」

始終遭人欺負的狗，就算偶然得到一塊肉，牠也不敢貿然前去取來吃。五位又用一貫哭笑不得的表情看著利仁，然後又低頭望著手中的空碗。

「不願意嗎？」

「……。」

「你意下如何？」

「……。」

頓時，五位發覺眾人的目光全都集中在他身上。他的一個答覆，肯定又將惹來一陣揶揄。又或者，不論他怎麼答，最終也只會淪為被譏笑的對象。他陷入了猶豫之中。這時，利仁不耐煩地詢問：「如果不願意，我是不會勉強你的。」要是利仁都沒出聲，五位的視線或許會一直徘徊於利仁與空碗之間吧。

五位一聽到他這麼問，便趕緊慌張地回答：

「不……恭敬不如從命。」

聽聞者無不放聲大笑。「不……恭敬不如從命。」——有人模仿起五位的回答。剎時間，許多揉烏帽子與立烏帽子，在橙黃橘紅的杯盞間，隨著笑聲如波浪般起伏擺動。其中笑得最厲害、最大聲的就是利仁。

「好，到時候敬邀閣下賞光。」說著說著利仁皺起了眉頭，湧上來的笑意和才剛喝下的酒，一起卡在喉嚨上。「……那就這麼說定了，沒問題吧？」

「是的，恭敬不如從命！」

五位紅著臉，結結巴巴地重複了方才的回答，此舉當然又引來一陣狂笑。就連故意讓五位再說相同回答的利仁，也笑得比剛才更加誇張，聳著壯碩的肩膀，哈哈大笑。這位北方來的野蠻人，只會兩種生活方式，一種是飲酒作樂，另一種就是放聲大笑。

幸好不久後，大家聊天的話題就不再繞著五位與利仁轉。這或許是因為其它人不喜歡只把焦點放在紅鼻子五位身上，即便大家只是在嘲弄他。總之，後來換了個話題，當桌上的酒菜所剩無幾時，有人提到某個見習侍衛要騎馬，卻把雙腳一起塞進單邊的行縢[1]裡，此話題馬上吸引了在座人士的興趣。不過，這個話題，彷彿只有五位完全聽不進耳裡。恐怕「芋粥」二字，早已占據了他的心思。即使眼前擺了烤雉雞，他的筷子仍是一動也不動。倒在杯中的黑酒，他也是一滴都不沾。他將雙手放在膝蓋上，像要相親的小姑娘般雙頰泛紅，就連花白的鬢髮也透著一抹紅暈，失神地對著空無一物的黑漆碗，痴痴傻笑……。

四、五天後的一個上午，兩名男子騎著馬靜靜地沿著加茂川，朝栗田口的方向前進。一位身穿深藍色的狩衣和相同顏色的袴褲，佩帶以金銀裝飾的太刀，是個「鬍鬚黑亮、鬢髮秀麗」的彪形大漢。另一位則穿著破爛的灰藍色水干，又加了件薄綿袍，是個年過四十的侍衛。他腰帶綁得亂七八糟，紅通通的鼻子還掛著鼻涕，整體看來可說是十分窮酸邋遢。

1 日本古時打獵、旅行等騎馬外出時，裹覆在雙腳上的服裝，通常是以鹿皮製成。

不過，兩人所騎乘的馬匹都相當出色，前者騎月毛[1]，後者騎蘆毛[2]。這兩匹三歲的俊馬，讓每個路過的商家和武士都不禁回頭張望。此外，還有兩個人留意著馬匹的速度緊跟在後，想必是身懷弓箭的隨從，以及處理雜事的僕役——這段所指的就是利仁和五位等一行人，其他就不再贅述。

雖然時已入冬，卻是晴朗且寧靜的一日，沒有一絲風，就連泛白河床的石縫中，凋零於潺潺河畔的魁蒿葉都毫無動靜。臨著河岸的矮柳，毫無葉片的垂條映著滑潤如飴的陽光。連停在樹梢的鶺鴒，那擺動尾巴的身影，都清晰地投射在街道上。東山[3]的暗綠上，有座山完整展現出天鵝絨般霜凍的山肩，那想必是比叡山吧！兩人在這景色中，任馬鞍的螺鈿[4]在豔陽下閃爍，不甩馬鞭悠然地朝著粟田口緩緩而行。

「你說要帶我去的地方，請問是哪兒呢？」五位笨拙地抓著韁繩問道。

「就在前面了，沒有你想像中的遠。」

「那是在粟田口附近囉？」

「你就暫且先這樣想。」

利仁今天早上邀約五位時，說是東山附近有個地方湧出了溫泉，想與他一同前往。赤鼻五位不疑有他。由於好一段時間沒泡澡了，身體從前陣子就一直發癢。利仁不但要請他吃粥，還能好好泡澡，真是難得可貴的幸福。心中如此盤算後便跨上了利仁牽來的蘆毛。可是，一路騎到這兒，瞧利仁並不是要到附近的樣子，騎著騎著都已經走過栗田口了。

「看樣子，不是要到栗田口吧？」

「沒錯，還要再過去一點。我說你啊……。」

利仁笑著說道，故意不看五位的臉，只是靜靜地任憑馬兒向前進。道路兩側的住家愈來愈少了，眼前只見廣闊冬田上覓食的烏鴉，山陰未融的雪色如青煙般。儘管天氣晴朗，

1 高大、壯碩、毛色晶瑩的白馬。

2 毛色黑白相摻的馬。

3 由京都的中心向東望的山，統一稱為東山，並非山系的名稱。

4 將貝殼鑲嵌於漆器或木器上的裝飾技法。

但櫨木的尖梢淩空刺得令人眼疼，無端使人感到寒冷。

「那是要去山科附近囉？」

「這裡就是山科了，還要再過去一點。」

的確，兩人說著說著，就走過了山科。目的地並不是這裡。不知不覺中，又走過了關山，大約過了正午左右，他們最後來到三井寺前。三井寺中有一位和利仁相交甚篤的和尚。他們拜訪了這位和尚，順便叨擾了一頓午膳。用完餐後，他們又急急忙忙地騎馬上路。前方的路比來時的路還要荒涼百倍，尤其當時又處於盜賊橫行的亂世……。五位的背更駝了，他抬起頭看著利仁，再度問道：

「還要再往前嗎？」

這時，利仁微微笑了。就像孩子惡作劇被發現時向大人露出的笑容。鼻尖上擠出的皺紋和眼角旁的魚尾紋，似乎是在猶豫要不要笑出來。最後他終於說出實情。

「其實，我想帶你到敦賀去！」利仁邊笑邊舉起手上的馬鞭，指向遙遠的天空彼方。

在那馬鞭下，只見近江湖水映著午後的陽光，閃閃發亮著。

五位感到狼狽不堪。

「你說的敦賀，是指越前的敦賀吧！那越前的……。」

利仁自從當了敦賀人——藤原有仁的女婿以來，大部分的時間都住在敦賀，這件事五位也早有耳聞，但他萬萬也沒想到利仁要帶自己到敦賀去。首先，這一路上只帶著兩個隨從，怎麼可能平安無事地到達那相隔了千重山，萬重水的越前呢？再加上近日來，到處謠傳旅客遭盜賊殺害的傳言……。五位以近乎哀求般的表情望著利仁。

「怎麼會這樣呢？以為要到東山，結果卻是山科。以為要到山科，卻又來到三井寺。到了最後，竟然是要去越前的敦賀，這究竟是怎麼回事？如果一開始就告訴我要到敦賀，我也好多吩咐幾個下人來……。敦賀，怎麼會這樣呢！」

五位在一旁帶著哭腔，嘟嘟囔囔地發牢騷。要不是因為「飽食芋粥」這意念一直鼓舞著他，給了他十足的勇氣，他早就在此和利仁告別，獨自回京都去了。

「有我利仁在，可以抵過千軍萬馬，這一路上的安危你大可放心。」

看見五位那狼狽的模樣，利仁皺眉嘲笑。接著他叫來隨從，接過他手中的箭筒往背上一甩，再從他手上取來黑漆的檀弓，橫放在馬鞍上，帶頭策馬前進。事情都到了這種地步，膽怯無能的五位除了盲目地跟從利仁之外，再也沒有其他更好的辦法了。他戰戰兢兢地環顧四周荒涼的原野，口中唸誦半生不熟的觀音經，那個赤鼻幾乎快碰到馬鞍的前輪[1]，馬兒則依舊踏著搖晃的步伐噠噠前進。

迴盪著馬蹄聲的原野被一片雜亂的黃茅覆蓋，隨處可見水窪冷冷地映著青空，不禁令人猜想，這冬日的午後彷彿將在不知不覺間凍結。曠野的盡頭有一片山脈，或許是背著光的緣故，本應璀璨奪目的殘雪，卻毫無一絲微光，只拖著一道暗紫色。幾叢蕭條枯萎的芒草，遮住了隨從的視線，使這兩位步行的隨從沒能好好欣賞那片景色……。突然間，利仁朝五位說道：

「你看！來了位好使者，可以順便託牠帶個口信回敦賀。」

五位不懂利仁在說什麼，膽顫心驚地順著弓箭所指的方向看過去，但眼前根本沒有半個人影。只見爬滿野葡萄等類藤蔓的灌木叢中，有隻狐狸從容地走了出來，牠任夕陽餘暉灑在其暖色的皮毛上。就在這時，狐狸忽然慌張地跳了起來，四處亂竄。原來是利仁抽響馬鞭，朝狐狸跑的方向追了過去。五位也急忙地跟在利仁的身後，其他隨從當然也不敢落後。一時之間，馬蹄踢到石頭的聲音，嘎嘎地劃破了曠野的寂靜。接著利仁停下了馬，狐狸不知何時已被他捉住了，只見利仁抓著狐狸的後腳，把牠倒吊在馬鞍邊。想必利仁是追到狐狸再也跑不動時，趁勢將其壓在馬身之下，再一把將牠抓起。五位慌忙地擦去積在薄鬢上的汗，好不容易才追趕上來。

「喂！狐狸，給我聽好！」利仁將狐狸高舉在眼前，裝模作樣地說道：「令你今夜到敦賀的利仁宅邸通報：『利仁已經同客人在路上了，明日巳時左右，派人牽兩匹已經佩好鞍轡的駿馬，到高島附近迎接我們。』聽到沒有，可別忘了！」

1 馬鞍前部輪型的突起部位。

利仁話一說完，手一放，就把狐狸拋到遠遠的草叢堆中。

「啊！跑！跑！」

總算追上來的兩名隨從，朝狐狸跑走的方向望去，同時拍手叫好。他們一行人站在原地，清楚地看著那和枯葉同色調的背影，在夕陽餘暉中，不顧樹根與石頭的阻礙，飛快地向前奔走。在他們一路追狐狸時，不知不覺已置身於曠野的高處，那裡是一面緩坡，低處與乾涸的河床相連。

「還真是靠不住的使者。」

五位由衷投以欽佩以及讚嘆，再次審視了眼前這位甚至連狐狸也使喚起的野蠻武士。他現在無暇思考自己和利仁間的差距有多懸殊。只是，他深切體會到，利仁的意志所能支配的範圍極廣，而自己的意志也包含其中，正因如此，他的意志所及範圍也獲得了同等的自由度——所謂的奉承，應該就是在這種情況下，自然而然產生的！讀者今後即使發現五位的態度帶了點阿諛時，也不該為此妄加懷疑他的人格。

被拋出去的狐狸，飛滾般衝下斜坡，矯捷地踩跳一顆顆石頭，穿過乾枯河床，接著迅猛地朝對面的斜坡上跑去。牠邊跑邊頻頻回頭，看著方才逮住自己的武士一行人，仍在遠遠的斜坡上並排而立。他們看起來只有手掌般小，尤其是沐浴在夕陽中的月毛和蘆毛，兩匹俊馬浮現於凜冽的空氣中，比描繪出來的景色更加明顯。

狐狸回過頭去，在枯芒草中，像一陣風般向前狂奔而去。

翌日，一行人如預定的巳時，浩浩蕩蕩地來到高島附近。這是一座靠近琵琶湖的小部落，眼前的情景和昨天大不相同，陰霾的天空下，零零星星地散落幾戶茅草人家。岸邊的松林間，淒涼地展露出一汪湖泊蕩漾著灰色漣漪的湖面，就像一面忘了磨光的鏡子。來到這裡的利仁，回頭對五位說：

「你看！家丁們果然前來迎接我們了。」

放眼一望，果真如他所言，有二、三十名家丁牽著兩匹配有鞍轡的馬，或騎馬，或步行地朝他們走，一行人身上的水干衣袖都在寒風中飄動，只見他們急忙地穿過岸邊的松樹間而來。快要接近他們時，騎馬的人都跳下了馬匹，而徒步的一夥人則蹲在路邊，恭敬等候利仁的到來。

「看來，那隻狐狸果真當了傳話使者。」

「狐狸天生就是有法術的禽獸，這點小事根本不算什麼。」

五位和利仁聊著聊著，一行人已經來到等候姑爺的家丁旁。「辛苦了！」利仁話語一落，蹲在路旁的一夥人連忙起身，接過他們倆的馬轡頭。頓時間，忽然變得熱鬧起來。

「昨天夜裡發生了一件怪事。」

他們倆下了馬，正要往獸皮上彎腰而坐時，一名滿頭白髮身穿柏樹皮色水干的家丁，來到利仁面前如此說道。「出了什麼事？」利仁一面將下人帶來的酒菜招呼五位享用，一面大聲問道。

「事情是這樣的，昨晚戌時左右，夫人突然神智不清，嘴裡一直說著：『我是阪本的狐狸，今天，你們家老爺託我帶口信給你們，還不快上前聽好！』於是，我們趕緊上前聽她說些什麼。夫人又接著說：『老爺目前正陪同客人前來，已在路上，明日巳時左右，派家丁前往高原附近迎接，順便帶兩匹備好鞍轡的駿馬前去。』」

「那還真是一件怪事！」五位瞧了瞧利仁的臉，又看看家丁的表情，煞有介事地打量著雙方的臉後，應了聲他們都很滿意的話。

「不只這樣呢！她還怕得直發抖，甚至哭著說：『千萬別耽擱了！要是遲了，老爺可是會怪罪的。』」

「然後呢？」

「之後她就睡得不省人事，直到我們動身前來時都還沒醒呢！」

「如何？」聽完家丁的一番話後，利仁神氣地看著五位，得意地說：「即使是畜生，我利仁都有本事使喚牠。」

「真是讓人驚訝。」五位搔搔那紅鼻子點了一下頭，並故意張開嘴做出驚訝的神情，鬍鬚上還殘留著剛才喝酒的餘滴。

當天晚上，五位在利仁宅邸的房裡茫然盯著矮燈臺的火苗，等著難以入眠的漫漫長夜迎來破曉的時刻。在傍晚抵達這棟宅邸前，他與利仁以及其隨從們一路上談笑風生，和大家一同越過了松山林、小河、荒野，也一齊見識了路上的一草、一木、石礫、野火的煙味……。這些景色，都在此時一一浮現於五位的心中。此外，他更想起了那如釋重負的心情——歷經千辛萬苦後，總算在褐色暮靄中抵達了宅邸，當他看見長炭爐中熊熊燃燒的赤焰時，安心感便從心底油然而生。然而，像現在這樣躺著回想時，他不禁覺得這一切都久遠得恍若隔世。五位舒舒服服地將雙腳伸直在一條棉芯四、五寸厚的黃色直垂[1]下，茫然

地看著自己的睡姿。

直垂下還穿了兩件利仁借給他的淡黃色厚棉襖。光是這樣就已非常暖和，若是翻身的話或許還會出汗。加上晚餐時喝了點酒，酒意也助長了幾分熱度。雖然枕邊的薄木板外就是清霜委地的大庭院，但這股陶然舒暢的心情，讓他一點也不覺得苦。在此享受的一切，和自己在京都所居住的曹司[2]簡直是雲泥之別。話雖如此，五位心中仍感到忐忑不安。首先，他已經迫不及待地希望時間能走得快一些。然而，他同時又不希望天明——也就是不希望「飽食芋粥」的時間太快到來。這兩種矛盾的情感互相抵觸，遭遇急劇的轉變，令他無法平靜下來，而這份心情就如今天的天氣般寒冷。這一切思緒干擾著他，難得身子如此暖和，他卻仍是輾轉難眠。

1 為男性防寒用的衣服，由於填充了大量棉花，也可當成棉被使用。

2 宮中的官吏、女官住的房間。

這時，不知是誰在外頭的大庭院裡大呼小叫。聽起來好像是今天在途中迎接他們的白髮僕人，似乎在吩咐什麼事。或許是在霜中迴響的緣故，那沙啞的聲音，凜然得有如刺骨的寒風，一聲一聲扎進了五位的骨頭裡。

「所有人都注意聽好，老爺指示，明天早上卯時，無論老幼每個人都要帶一條切口三寸、長五尺的山芋。千萬別忘了！在卯時之前喔！」

這段話重複了兩、三遍後，外頭就沒了動靜，瞬間又恢復原本寧靜的冬夜。那一片寂靜之中，只有檯燈的油滋滋作響地燃燒著，如紅綿似的火焰搖曳不已。五位打了個呵欠後，又進入了無邊無際的空想中……。他提到的山芋，一定是要用來煮成芋粥的，五位如此想著。剛才外頭的吵雜聲，分散了他的注意力，使他一時間忘了先前的不安，而此刻，那份不安又在不知不覺中悄悄回到了他的心裡。而且，不想太早吃到芋粥的念頭，甚至比剛才更加強烈，過分地盤據在他的思緒之中，甩也甩不開。如果「飽食芋粥」是這麼容易就能實現的願望，那麼他一直以來的耐心等待，如今不就變得很沒有意義？如果可能的話，他希望能突然發生什麼意外，害他無法喝到芋粥，接著意外遭到排除，又能如願喝到芋粥，像這樣幾經波折才是他所期望的……。就在這個想法像「陀螺」般在他的腦海中不停打轉之際，五位終於不堪旅途的疲累，沉沉地墜入了夢鄉。

隔天，一睜開眼睛，五位立刻想起昨夜聽到的山芋，他馬上推開房間的門板，這才發現自己不小心睡過頭，已經過了卯時。庭院中鋪了四、五張長草蓆，上面堆放了兩、三千條像是去皮圓木材的東西，堆得和山一樣高，都快碰到斜伸出來的檜木皮屋簷了。仔細一看，那些竟然都是切口三寸、長五尺的超大型山芋。

五位揉著惺忪的雙眼，驚愕得手足無措，呆滯地回顧四周。偌大的庭院中，有好幾處新打的木樁，樁上放著五、六個五斛大鍋排成一列。十幾名穿著白襖的年輕侍女，在大鍋子的周圍走動。有的在燒柴火，有的在挖灰，又有的人從新的白木桶中舀出「甘葛汁」倒入大鍋子裡，大家都忙著準備熬煮芋粥。從大鍋下方冉冉而升的煙，以及鍋中湧出的熱氣，和清晨殘留的晨霧融合為一，讓整座庭院朦朦朧朧的，幾乎無法清楚識別一切，被灰暗籠罩之下，只能看清鍋子下燃燒的紅色火焰。眼睛所見，耳朵所聽，都如親赴戰場或是火場般騷動。五位這才想起，這堆積如山的山芋，是要放到大鍋子裡煮成芋粥的。同時也想起自己是為了喝芋粥，才千里迢迢地從京都來到越前的敦賀。愈想愈覺得所有的一切都太過窩囊，此時，我們五位那令人同情的食慾，其實已經減退了一半。

接著一個小時後，五位及利仁還有他的岳父有仁，一同坐在飯桌前準備享用早膳。擺在眼前的是個一斗大的銀壺，裡面裝了滿如海潮般驚人的芋粥。五位剛才看著數十名年輕男子，熟練地用薄刀迅速削著如屋簷般高的山芋堆。也看見了侍女們忙碌地四處走動，只為將處理好的山芋一顆顆全數放入鍋中。最後，當堆積如山的山芋，完全消失在草蓆上時，他望著混了山芋及甘葛香味的熱氣，冉冉地從大鍋飄向早晨的晴空。目睹整個情景的他，如今面對這銀壺裡的芋粥，想必還沒吃下肚就已經覺得飽了。五位坐在銀壺前，難為情地擦拭額頭上冒出的汗水。

「聽說你不曾飽餐過芋粥？千萬別客氣，盡量多吃一點。」

利仁的岳父，吩咐童僕再多端幾個銀壺擺在餐桌上。每壺芋粥幾乎都快要滿出來。五位閉上雙眼，原本就泛紅的鼻子顯得更紅了。他從銀壺中舀出近一半的芋粥，盛入自己偌大的碗中，硬著頭皮喝了下去。

「我岳父都這麼說了，你就盡情吃吧！不用客氣！」

利仁在一旁勸他再喝一壺芋粥，口中戲謔地笑著說道。這使五位顯得更尷尬。要是能不客氣的話，打從一開始，他連一碗都不想碰的。如今，他已經勉為其難地喝完了半壺，要是再喝下去，恐怕還沒吞進喉嚨他就先全吐出來了。但如果不喝，就等於辜負了利仁和有仁的好意。於是他閉上眼，將剩下半壺的芋粥又喝了三分之一。現在的他，已經一口也喝不下去了。

「感激不盡，我已經喝飽了……。唉呀唉呀！實在感激不盡。」

五位語無倫次地說著。看上去十分狼狽，鬍鬚上、鼻尖上，都淌滿了汗水，一點也不像是冬天。

「你也喝得太少了吧！客人一定是太客氣了。喂！你們都楞在那邊做什麼？」

童僕們聽從有仁的吩咐，準備從新的銀壺裡把芋粥舀到碗裡去。五位揮動著手，像是驅趕蒼蠅般，懇切地推辭掉。

「不！真的已經夠了！……真的非常抱歉，我已經吃得很飽了。」

要不是利仁突然指向對面的屋簷，說了聲：「大家快看！」有仁肯定會堅持要五位再喝點芋粥。幸好，利仁的這一句話，令大家將注意力轉移到屋簷上。檜木皮茸的屋簷上，正好灑滿了晨光。而那道耀眼的光芒下，只見一隻野獸溫馴地坐在那裡，梳理著色澤鮮亮的毛皮。仔細一瞧，那野獸正是利仁前天在荒野路上捕到的阪本狐狸。

「看來狐狸也想來分一杯羹，來人呀！也拿一點給牠吃吧！」

利仁一聲令下，狐狸便從屋簷上一躍而下，一同在院子裡享用芋粥。

五位看著正在喝芋粥的狐狸，想起還沒來到這裡的自己，心中充斥懷念之情。那是飽受武士們嘲笑的自己。是被京都的小鬼漫罵「怎樣！你這個紅鼻子。」的自己。是身穿褪色水干，有如失去主人的老狗般，徬徨走在朱雀大道上，可憐又孤獨的自己。但同時，也是緊緊守著飽餐芋粥之願而感到幸福的自己。——當他知道可以不必再喝芋粥而感到安心時，也感覺到滿臉的汗水，開始從鼻頭漸漸乾了。儘管今日是晴空萬里的好天氣，但是敦賀的早晨仍令人感到寒風刺骨。五位連忙摀住鼻子的同時，朝銀壺打了個大噴嚏。

袈裟與盛遠。

到底是什麼巨大的力量，迫使膽小如鼠的我去殺一個無辜的男人呢？
我真的不知道。雖然不知道，但說不定……不！不會有那種事。
我看不起、懼怕、憎恨著那個女人！

上篇

夜幕低垂時，盛遠獨自一個人在圍牆外，仰望著月亮現身前的白光，腳底下踩著落葉沉思著。

盛遠的獨白

「月亮就快要出來了吧！平常企盼月亮能快點出來的我，今天卻一反常態地不敢見到它的光輝，就在今夜後，我過去的一切便要化為烏有了。明天起，殺人犯就會成為我的代名詞，一想這裡不禁打了個哆嗦。我想像著這雙手沾上鮮血的情景。屆時的我，就我自己看來，該是多麼可憎？如果今晚是要殺我憎恨的人，或許我就不會如此愧疚。但今晚我卻必須殺一個我根本不恨的男人。

我以前就見過那名男子。但我是直到這次的計畫才知道他叫渡左衛門尉。我已經忘了我是何時見過他，那張白皙的臉龐以男人而言實在太過溫柔和藹。當我知道他就是袈裟的丈夫時，我的確感到妒火攻心。然而那把嫉妒之火，如今已不著痕跡地消失在我心裡。渡雖然是我的情敵，不過我一點也不憎恨他，反而相當同情他。當我從衣川的口中得知，渡為了擄獲袈裟的芳心費盡多少苦心時，我甚至覺得他是個挺可愛的人呢！渡一心想娶袈裟為妻，甚至苦練和歌想討她歡心。每當我想像那個一本正經的武士所寫的戀歌，嘴角總不自覺地微微上揚。但我的微笑並不是在嘲笑渡。而是覺得，那男子為了討好女生竟能努力到這種程度，實在惹人憐愛。但說不定，他那份傾注在我所愛的女人身上的熱情，反而給了身為情夫的我某種滿足感。

只是，我真的有愛袈裟到這種程度嗎？我與袈裟的戀情可以分成前後兩個時期。我對袈裟的愛戀，早在她嫁給渡之前，就已深植心中了。也或許是我自認為愛著她。但如今回想起來，那時我心中確實摻雜了些許的雜念。我對袈裟有何所求？當時還是處子之身的我，很明顯是一心想占有袈裟的身體。如果允許我說得誇張點，我對她的愛，不過是將這份慾望美化過的悲傷情緒罷了。證據就在於我和袈裟斷絕往來後的三年裡，我對她的思念從不曾中斷過。只是，若我倆早有肌膚之親，我仍會對她念念不忘嗎？我感到非常羞愧，甚至沒有勇氣回答這個問題。在後階段，我對她的愛意，更是大量夾雜著對她身體的渴望。就這樣，我懷抱著這種苦悶，陷入了如今我所懼怕，卻也期待已久的關係之中。那麼現在呢？我再次問我自己，我是真的愛袈裟嗎？

不過，在回答之前，就算心中百般不願意，我也必須再次回想這段往事——有天我突然在渡邊橋的法會上，睽違三年再度邂逅袈裟。從那天之後的半年裡，為了製造偷偷見面的機會，我試了各種手段，而結果非常成功。不！不單只是成功了，那時，我甚至實現了我多年來的夢想——得到袈裟的身體。但當時操控我的，不光是先前所說的慾望——對她肉體的慾望。當我在衣川家的房裡，與袈裟一同坐在榻榻米上時，我就察覺到這份愛慕已在不知不覺中漸漸轉淡。或許當我要擁有袈裟時，我那不再是處子的事實，也同時削弱了我的慾望。但比起這些理由，最主要的原因在於她早已年華老去，不再美麗動人了。此時的她，已經不是三年前的袈裟了。整片肌膚都失去了光澤，眼眶附近也出現了黑圈，原本豐潤的雙頰及下巴也消失得無影無蹤。唯一不變的是她那雙水汪汪的大眼——這些變化，確實對我的慾望造成了嚴重的打擊。事隔三年再度與她重逢時，那令我不得不撇開視線的強烈衝動，至今仍叫我印象深刻……。

那麼，不再像之前那麼愛戀她的我，為何還要和她發生關係呢？那無非是被一種奇妙的征服心驅使。當我和袈裟相對而坐時，她會故意誇張地對我述說她有多愛她的丈夫。然而對我來說，那些舉動只會引發我內心的空虛。『這女的對自己的丈夫有虛榮心。』——我是如此認定的。『或許這只是不希望我同情她的反抗心理』——我同時也這麼想著。於是，我愈往下想，就愈想揭穿她的謊言，而這股衝動總時時刻刻地驅動著我。不過，我為什麼會覺得她在說謊呢？若要說我這個想法中，存在著自戀，我也沒什麼好辯解的理由。話雖如此，我仍深信她是在說謊，即使到現在也是一樣。

但是，當時支配著我的，也並非全是那顆征服心。除此之外——光是說到這，我就覺得自己的臉都紅了！除此之外，我也被純粹的情慾所控制。並不是我尚未得到她身體的那種慾望，而是非常下流的，對象並不是非得要她，是因慾望而生的慾望。恐怕連那些嫖客也沒有當時的我來得卑劣。

總而言之，在各種動機之下，我還是和袈裟發生了關係。不！是我玷汙了她。現在，再將話題回到最初的疑問——不！關於我是否真心愛著袈裟，就算我再怎麼問自己，如今，這等問題也沒必要再提了。我有時甚至恨她恨得牙癢癢，尤其是辦完事後，當我抱起趴在床上哭的她時，比起無恥的我，袈裟看起來更像個荒淫無恥的女人。散亂的頭髮，被汗水暈開的妝容，無不表現出那女人身心的醜陋。如果我曾愛過她，我的愛就在那天走到了盡頭，永遠消失。但或許我根本沒愛過她，那麼也能說自那天起，憎恨的幼苗就在我心中萌芽。所以……唉……我今晚不就要為了一個我不愛的女人，去殺一個我不恨的男人嗎！

但這也不能怪誰。因為這是我自己說出來的話。『把渡殺了吧！』——我曾在那女人的耳畔如此呢喃，現在回想起來，連我也不禁懷疑當時的自己簡直瘋了。不過我確實這麼說過。儘管咬緊了牙關不想說出口，我卻還是如此提議了。我為什麼會說出那種話呢？我到現在也還是不明白。但是，假如一定要找理由，那就是我愈是輕視、憎惡她，我就愈想汙辱、欺負她。因此，殺了渡左衛門尉——殺死讓袈裟不斷炫愛的丈夫，不顧那女人的意願逼她答應，唯有如此才能達成凌辱她的目的。於是，我像是被噩夢纏身的人，慫恿那女人實行我根本不想做的殺人計畫。若要說我殺渡的動機還是不夠充分，那麼剩下的理由也只能解釋為——我被某股神秘力量（正如天魔波旬[1]等等）所誘，陷入邪道而無法自拔。總之，我執念很深地不斷在袈裟耳邊反覆低語提議著。

過了一會兒，袈裟突然抬起頭順從地答應了我的計畫。我很意外，自己竟能輕鬆地獲得她的同意。而當我看著袈裟時，我在她眼中發現了一道不可思議的光輝，那是我不曾見過的光芒。蕩婦——我直覺反應出這個字眼。所以除了感到意外，與此同時，一股類似失

1 擾亂人心，使人智慧遲鈍，妨礙行善並障害佛道的魔王名。

望的心情也突然竄出，彷彿在展示我提出的計畫是多麼駭人。我其實沒必要再多說，但就連這段期間，她那令人厭惡的淫蕩和凋零的姿容，仍不斷折磨著我。如果可以，我真想收回當時說過的話，然後極盡羞辱地將這個不守婦道的女人推入恥辱的深淵。如此一來，儘管我玩弄了那個女人，我的良心或許還能避難於這股義憤之後。但我卻沒有這份從容。她彷彿早已洞悉了我的心意般，當她臉色驟變地凝視著我時——我自己招了吧！我為什麼到最後還是決定了行兇時機，與她定下殺死渡的約定呢？我會陷入這個困境，是因為我怕反悔後，袈裟會對我採取報復行動。唉，即使到了今天，這份恐懼仍盤據不去。如果你們要笑我是膽小鬼，就隨你們笑吧！那是因為你們沒見到當時的袈裟。當我望著她那雙不掉一滴淚水哭泣的雙眼，我絕望地想著——『我要是不殺渡，就算袈裟不親自下手，我也一定會被她殺死。既然如此，還是由我來殺渡吧！』我立下誓言後，袈裟慘白的臉上擠出半邊酒窩，垂著眼簾露出了笑，看到這抹微笑時，不就更加驗證了我的恐懼並非毫無緣由嗎？

為了這可恨的諾言，如今，在這汙穢不堪的心上，又得再加上殺人的罪名。如果今夜背誓，我恐怕不會原諒我自己。一是因為有誓言在先，二是畏懼她對我的報復。這絕不是在說謊。可是，除了這些以外還有什麼理由呢？到底是什麼巨大的力量，迫使膽小如鼠的我去殺一個無辜的男人呢？我真的不知道。雖然不知道，但說不定……不！不會有那種事。我看不起、懼怕、憎恨著那個女人！但就算是這樣……就算是這樣……或許，我還深愛著那個女人也說不定。」

盛遠仍繼續徘徊著，但他不再開口了。月明。不知何處傳來吟唱〈今樣歌[1]〉的歌聲……。

人心誠如無明的黑暗，

而燃起煩惱之火，走向生命盡頭的，正是人生。

1 平安中期至鎌倉時代流行的歌謠。

下篇

更闌人靜，袈裟坐在寢榻外，背著燭檯的火光，咬著衣袖若有所思。

袈裟的獨白

「那個人會來？還是不會來呢？他不可能不來！但月已西斜，連個腳步聲都沒有，他該不會突然改變主意了吧？要是他真的沒來……啊——！我就得抬起這張宛如娼婦般的臉，再度走到豔陽之下。我怎麼會做出這麼無恥又邪惡的事呢？到那個時候，我的處境就與棄置路邊的死屍並無二致，因為在遭受了羞辱、糟蹋後，我還得恬不知恥地將這一身的恥辱暴露於光亮處，而且我仍必須像啞巴般默不吭聲。要是真的落得如此下場，我是死也不會瞑目的。不不不！那個人一定會來的！那天道別前，當我直盯了他的雙眼後，就如此深信不疑。他對我心存恐懼。他雖然恨我、鄙視我，但他依然畏懼我。確實，如果我只相信自己，大概不能保證那個人一定會來。但我相信那個人，相信那個人的利己心。不！我相信那股引發利己心的恐懼、卑微的恐懼。因此，我可以這麼說——他絕對會偷偷前來……。

但，變得無法信任自己的我，是多麼可悲的人呀！三年前的我，是最信任自己，最仰賴自己的美貌。與其說三年前，應該說直到那天為止或許比較正確。那天，當我在伯母家的房裡見到他時，他心中映出了我的醜陋，而我就在那一眼瞬間，知曉了自己的醜陋。即使他若無其事地對我說些誘惑般的甜言蜜語，但女人一旦明白了自己的醜陋後，這顆心怎麼可能還會被這些包了糖衣的話語安慰呢？我只感到懊悔、害怕、悲傷而已。小時候奶媽曾抱著我看月蝕，看著看著一股毛骨悚然油然而生，而這與見到他的心情相比，不知好上幾倍。我曾懷抱的各種夢想，全都在剎那間消逝無蹤。只剩宛如下雨天清晨般的落寞，緊緊圍繞在我身旁……。我在那份寂寞中顫抖，任憑男人處置我那如同死屍的身軀。我讓我的醜陋，給那個不愛我、憎恨我、輕蔑我的好色之徒看個精光，是因為無法承受這份寂寞嗎？還是當我把臉貼在他胸膛時，那瞬間感受到的狂熱欺瞞了一切呢？不然，我就只是和他一樣，單純地被汙穢的心靈驅使罷了。光是這樣想，就覺得自己好可恥，好可恥，好可恥。特別是離開了他的臂膀，恢復自由之身時，我就會深刻地覺得自己實在下賤無比。

雖然告訴自己不能哭，但我滿腹的氣憤與孤寂，還是令淚水不聽使喚地流了下來。但是，我並不是因為失貞而難過。貞操被破，還被人鄙視，就如同一隻患有痲瘋病的狗，被憎恨的同時，又飽受凌虐，這才是最讓我無法忍受的。之後我到底又做了什麼事呢？現在回想起來，好像遙遠的記憶般模糊。只記得當我低頭啜泣時，那個人的鬍鬚蹭到我的耳旁，隨著熱氣低聲地說：『把渡殺了吧！』聽到這句話時，我竟湧出了自己也無法解釋的異樣朝氣。朝氣？如果說月亮的光輝是明亮的，那麼這也能算是朝氣勃勃的心情吧！然而，我這種充滿朝氣的心情，又與月光的明朗截然不同。不過我呢，還是因為這可怕的話語得到了慰藉，我想就是因為這樣吧……。啊——！像我這種女人，難道即使痛殺親夫，還是能感受到被人所愛的欣喜嗎？

我的心情就像那輪明月的光芒，我帶著寂寥且生氣勃勃情緒哭了一會兒。然後？然後呢？是哪天約好的呢？在他的引導之下，我們約好殺掉丈夫。不過在答應他的同時，我才第一次想起了我的丈夫。老實說，會說第一次，是因為在這之前，我只想到自己，只顧著想被人凌辱的自己。然而，就在此時，我想起了我的夫婿，我那內向的丈夫——不！不是想起丈夫的事，而是想起他對我說話時的笑臉，那笑臉如影歷歷地在我眼前蕩漾。恐怕是因為想起了這張笑顏，就因這一瞬間，我的計畫才猛然浮上心頭。若要說明理由，是因為那時的我已經有赴死的覺悟了。而且，我也很高興自己下了這個決定。只是，當我拭去臉上的淚水，抬頭凝望他時，我再度看到先前映在他心裡的我——那個醜陋的我，再次沖淡了我原有的欣喜。那種心情——我又想起和奶媽看到的月蝕陰影——彷彿就像把深藏於喜悅深處的魑魅魍魎一併釋放般。代替夫婿受死，是代表我深愛我的丈夫嗎？不不不！在那冠冕堂皇的藉口背後，我只是想彌補放任盛遠占有我的罪孽。沒有勇氣自殺的我，就算只有一點點也好，還是想在世人的眼中留下一些好印象。就連這股低俗的想法，或許也會被大家原諒吧！我真是最卑賤、最醜陋的人。在替丈夫受死的名義下，我圖的不就是想報復盛遠嗎？我要將他加諸於我的憎恨、輕視，以及那份玩弄我的邪惡情慾給予反擊報復！而證據就在於當我看著他的臉時，那如同月光般不可思議的朝氣已經消失了，只有滿懷的悲傷瞬間凍結了我的心靈。我並不是為了丈夫而死。我是為了我自己赴死的！我要為了我受傷的心靈，以及受到玷汙的身軀而死。阿——！我不但沒有活下去的價值，連死去的價值都沒有。

可是，連死的價值都沒有的死法，總比苟活要好多了。我強顏歡笑地答應他殺夫的事，不斷反覆地跟他約定。神經敏銳的他似乎有從我的話語中察覺到，要是他沒遵守約定的話，破曉之時我將會做出瘋狂的舉動。更何況他都立下了重誓，他不可能不會悄悄來訪——那是風聲吧？——自從那天起，心靈上所承受的痛苦與煎熬，將會在今晚一掃而空，思緒至此，我不禁感到些許的快活。明天的太陽，肯定會落下一絲微寒的光芒，照射在我無頭的屍體上吧！丈夫要是看到了我的屍體——不！我不能再想丈夫的事了。丈夫他一直深愛著我，可是我對他的愛卻是如此地無能為力。一直以來，我就只愛一個男子，而這個男的今晚就要來取走我的性命。連這燭臺上的燈火，對我而言似乎都嫌太亮了些。尤其是對我這種被愛人極盡糟蹋的人……。」

袈裟吹熄了燭臺的燈火。不久，黑暗中傳來了開門的聲響，月光也順著門縫偷偷地溜了進來。

運。

「問題不在神明會不會替人改運，而是在於那個『運』究竟是好是壞呀！」

由於垂掛在門口的簾子孔洞稀疏，即使身在工作場也能清楚看見外頭來往的人群。往清水寺[1]的路上，行人絡繹不絕。其中有身帶金鼓的法師和身著壺裝束[2]的婦女。其後還有平時難得一見的黃牛拉車。這些情景一下由左，一會從右地快速溜過稀疏的蒲草簾孔。在熙來攘往的人群中，不變的只有烘暖春日的午後豔陽，以及細窄道路上的土壤色澤。

工作場裡，有個年輕武士無趣地眺望外頭往來的行人。這時，他突然有所頓悟似的對工作場的主人——陶器師說道：

「去拜觀音菩薩的信徒總是那麼多呢！」

「是啊……。」

由於陶器師專注著幹活，他的回答顯得有些不耐煩。不過，從他的表情和態度來看，這個眼睛小巧、鼻子朝上，相貌有些滑稽的老人家並沒有什麼惡意。他穿著麻布夏衣，頭上還戴著一頂皺巴巴的揉烏帽子，令人想起最近評價甚高的鳥羽僧正[3]所繪的畫卷人物。

「我也每天去參拜好了。我已經受夠這種**沒出息**的生活了！」

「您在說笑吧！」

「什麼！要是這樣就能替我帶來好運，我啊！我就信神！就算要天天參拜或是住在廟裡吃齋唸佛都不算什麼！換句話說，就是和神明談生意。」

青年武士以和他年紀相稱的輕佻口吻說道，然後抿著下唇，環視了工作間——這是間位在竹叢前，用茅草搭建成的簡陋房舍，裡頭窄得鼻子都快碰到牆壁了。簾外熙攘的行人令人眼花撩亂，這裡的甕和瓶子都燒成了紅褐色，沐浴於春風的陶器們，宛如百年前就已經存在般靜靜地待在這兒。看來，這種破茅屋，可能連燕子都不願來築巢……。

由於老人家不應聲，青年武士又繼續說下去：

1 日本京都東山區五条坂上的清水寺。所供奉的本尊是十一面觀音。

2 平安時期貴族女子的裝扮之一，外出或遠行時所穿著的服裝。

3 覺猷（一〇五三年～一一四〇年）日本平安朝末年的和尚，被後人稱為鳥羽僧正。擅長日本繪畫，特別是戲畫。〈鳥獸戲畫〉和〈信貴山繪卷〉是他的代表作品。

「像老爺爺，活到這把歲數想必見識廣博，你相信觀音菩薩會替人們改運嗎？」

「是呀！以前常聽人家說過相關的事。」

「發生過什麼事呢？」

「這種事不是三言兩語就能交代清楚的……。但就算說了，您也不會覺得有趣的。」

「真可憐呢！我再怎麼說也算是誠心要信神的人呢！如果神明真的會幫我改運，那我明天就……。」

「您是有心要信神？還是有心要謀利？」

老人皺起了眼尾紋笑著。捏在手中的陶土已經成了壺形，因此他總算能放鬆心情聊天了。

「神佛的事，像您這年紀的年輕人是不可能會了解的。」

「我當然是不明白呀！就是因為不知道，所以才會向老爺爺請教嘛！」

「問題不在神明會不會替人改運，而是在於那個『運』究竟是好是壞呀！」

「那麼，只要神願意替我改運的話，我不就能分辨是好是壞了嗎？」

「就是這點，我想您是不會了解的呀……。」

「對我而言，比起能否分辨好運壞運，我反而不懂你為何這麼認定。」

或許是日暮漸深，和方才相比，街上的景物都拉長了影子。兩個頭頂著桶子沿街叫賣的女人，也拖著長影走過簾幕。其中一人手拿著櫻花樹枝，好像是要拿回家的禮物。

「西市那邊有位開績麻店的女老闆，她的遭遇正是如此。」

「我就說啦！我從剛才不就是一直想聽老爺爺說故事嗎？」

他們倆沉默片刻，青年武士用指尖拔著下巴上的鬍鬚，茫然地看著街景。那如貝殼般閃著白光的東西，大概是剛才落下的櫻花。

「你不說嗎？老爺爺！」

終於，青年武士打破沉寂，無精打采地說道。

「好，饒了我吧！我說就是了。這是一個發生在很久很久以前的事情了。」

做了一個開場白後，老陶器師傅娓娓道出這個故事。唯有不知晝日長短的人，才能以這種悠長的口吻緩緩傾訴。

「事情發生在三、四十年前左右。當時女老闆還是位年輕的小姑娘，她曾向清水寺的觀音菩薩許願，祈求這輩子能平安快樂地度過。畢竟當時與她相依為命的母親才剛離開人世不久，生活過得十分艱苦，因此許了這種願望也算是人之常情。」

「她死去的母親，生前是白朱社的巫女，曾聞名一時，但自從她能使喚狐狸的傳聞不脛而走後，就再也沒有人敢找她了。而且，她的肌膚比實際年齡水嫩，還帶了些痘疤，是個體型高大的婦人，別說狐狸了，就連男人也……。」

「我對她母親的事情並不感興趣，只想知道那姑娘發生了什麼事。」

「不急！這只是個開頭而已嘛！——因為母親過世了，光憑她一人單薄的力量，不管再怎麼辛勤工作，她的生活還是過得很困苦。因此，這名面容姣好，冰雪聰明女孩，由於一身襤褸，即使去寺廟留宿祈福，也總是一副畏首畏尾的模樣。」

「咦！她真的長得這麼漂亮嗎？」

「是啊！無論是面容或是自內心散發出來的氣質，都不會輸給大家閨秀。」

「哎呀！那真是太可惜了。」

武士扯了扯已經褪色的藍色水干袖口，語帶感慨地說。老人由鼻孔笑出聲來，又接著繼續說。而此時，屋後的竹叢裡，頻頻傳來黃鶯的啼叫聲。

「三七日[1]內，她都住在寺廟裡禱告，而期滿的那晚她做了一個夢。在同一間廟堂參拜的人裡，有位駝背和尚，他不斷唸誦著類似陀羅尼經[2]的經文。或許是因為太在意那道聲音，即使睡意朝她襲來，唯有那誦經聲仍環繞在她的耳邊，宛如地板下有隻蚯蚓幽幽地鳴叫般……接著，那道唸著梵文的吟誦聲，不知不覺變成了一般人使用的話語，她聽見那道聲音吩咐道：『回家路上，會有一名男子主動接近妳。妳要聽從他的指示。』」

1 即二十一天。

2 為梵文長句的經文。陀羅尼的意譯為「真言」、「總持」、「持明」、「咒語」、「密語」。

「當她回過神，睜開眼睛後，和尚仍聚精會神地唸著陀羅尼。但是不論她再怎麼努力傾聽，她還是聽不懂他到底在唸什麼。此時，她下意識地朝對面望，只見長明燈朦朧的燈火中投映著菩薩的尊容。當她凝望著這尊平時膜拜的端嚴微妙相時，很不可思議的是，她彷彿又聽見有人在耳邊說著：『要聽從他的指示。』因此，那姑娘便認定這就是觀世音菩薩冥冥之中給她的指示。」

「這還真是妙事一樁呀！」

「於是，深夜時她便離開了寺廟，順著下坡路走，正準備往五条的方向走去時，果不其然，有一個男人從她的身後將她緊緊抱住。雖然時逢春風和煦的夜晚，但黑暗中，她根本看不清對方的長相及穿著。只有在用力甩開他時，手觸碰到了對方的鬍鬚。嗚呼哀哉！這就是她許願期滿當天晚上發生的意外。」

「當時，她即使問了對方的大名，對方也閉口不提。她問對方住哪裡，那男子依舊一言不發。只說了一句『聽話！』就抱著她，往朝北的下坡路一路奔跑下去。她就算想大聲呼救，但夜深人靜的郊外，是叫天天不靈，叫地地不應。」

「哎呀！後來怎麼樣了？」

「最後她被帶到八坂寺的塔內，那天晚上他們就在那裡過了一夜……。嗯……那天晚上發生的事，就不需要我老人家多說了吧！」

老人再次瞇起了眼角的皺摺微微笑著。行人來往的影子，似乎又拉長了一些。或許是風吹的關係，原本散落於各處的櫻花瓣，也在不知不覺中被吹送到此處，如今片片白色的花瓣正灑落於碎石溝的石縫中。

「別開玩笑了。」

武士彷彿想起什麼事情般，拔著下巴的鬍鬚說道：

「故事就這麼結束了嗎？」

「如果只有這樣，我何必特地說給您聽呢？」老人手中依然捏著成壺型的陶土，繼續說：「天亮之後，那男子認為這或許是前世的情緣，於是向她提出共結連理的要求。」

「原來如此！」

「若沒有託夢指示，事情後續的發展或許會有所不同，但姑娘打算遵從觀世音菩薩的指示，於是點頭答應了他的求婚。先依形式喝過交杯酒後，男子馬上從塔裡取出淩布和絹布各十四。——我想，這個舉動，依您而言或許有點困難。」

青年武士只是默默地在一旁笑而不答。此時，連黃鶯也不再啼叫了。

「不久後，男子說他天黑時會回來，就把姑娘獨自留下後匆忙地走了。之後，寂寞加倍地湧上心頭。儘管她是聰明靈巧的姑娘，但內心也不免感到不安。為了驅趕心中的惶恐，她開始四處亂逛，她一往塔的深處走，竟赫然發現裡頭盡是滿滿的綾羅綢緞、燦爛奪目的珠寶、砂金等貴重財寶，數量多達數個皮箱。再怎麼堅強穩重的她，看到此景也不由得嚇了一跳。」

「雖然依物品有別，但擁有那麼多珍貴財寶，看來準沒錯了，那名男子若不是小偷，那肯定就是強盜——一想到這，原本只被寂寞占據的心，也開始被恐懼侵蝕，她突然覺得自己不能再這樣下去。要是被放免[1]逮住了，後果可就難以設想了。」

「就在她打算奪門而出時，皮箱後面傳來一記沙啞的嗓音叫住了她。她原以為這座塔裡只有她一個人，於是這聲叫喚使她更加驚慌失措了。她回頭一看，一個既不像人又不像海參的怪物，縮成一團端坐在沙金袋堆中⋯⋯。她是個眼眶垂墜、滿臉皺紋、腰部彎曲、身形矮小、年約六十多歲的老尼姑。她似乎看穿了姑娘的心思，彎著膝蓋探出身子，以一種極為諂媚的聲調和她打了聲招呼。」

「雖然姑娘心中已顧不得這聲招呼，但要是被她察覺自己想逃的話，事情可就麻煩了，她只好勉為其難地將手肘靠在皮箱上，與老尼姑閒話家常。從談話中得知老尼姑是替那個男人燒飯洗衣的僕人，但每當問及他是從事什麼買賣時，她總是閉口不談。姑娘十分在意這件事，但是老尼姑似乎重聽得很厲害，一句話總得說上好幾次才行，令姑娘焦急得

1 原為罪犯，服刑期滿後擔任追捕及護送犯人的官差。

想哭。」

「她們的談話一直持續到下午，就在聊到清水寺的櫻花盛開了，以及五条的橋終於修繕完成時，或許是老尼姑年事已高，也可能是姑娘的回話相當簡潔，老尼姑居然開始打起瞌睡來了。姑娘在確定老尼姑已經睡著之後，便悄悄地往大門的方向爬了過去，她將門開了一個小縫探頭張望，外頭正好沒有半個人影……。」

「她當初要是就這麼逃出去，之後就不會發生那些事了吧！但這時她卻突然想起早上那男人給她的綾布和絹布，為了拿這些東西，她只好回到放皮箱的地方。然而，一個不留神，她竟被砂金袋給絆倒了，這一跌就碰到老尼姑的膝蓋。將睡夢中的老尼姑給驚醒了，老尼姑先是楞了一下，接著就像發瘋般咬住姑娘的腳，並以哽咽的嗓音急切地說起話來。從那斷斷續續的話語中，尼姑似乎是說如果自己逃走了，會害她遭殃。但姑娘也同樣身陷險境，便顧不了那麼多，和老尼姑扭打了起來。」

「又是打又是踢，還丟了砂金袋——她們打得難分難解，連屋梁上的老鼠都快掉下來了。事態演變至此，老尼姑也使上了全身的力氣，那怪力雖不容小覷，但終究是有歲數的人了，不久後，姑娘將綾布和絹布夾在腋下，上氣不接下氣地悄悄往塔外跑，而此時，老尼姑已經奄奄一息無法言語。接下來是我之後才聽說的，老尼姑死了，鼻孔流血，頭部埋在砂金堆中，仰臥在陰暗的角落裡。」

「姑娘逃出八坂寺後來到商店聚集的街道上，她十分內疚不安，於是前往位在五条京極邊的朋友家。這位朋友也是窮苦人家，或許是因為姑娘送了一匹絹布給對方的緣故，朋友便幫她燒熱水、煮稀飯，殷勤地照料她。而姑娘的心情也終於慢慢平靜下來了。」

「我也終於可以安心了。」

武士抽出繫在腰間的紙扇，眺望著簾外的夕陽，瀟灑俐落地甩開扇子。落日餘暉中，有五、六位白丁嘻嘻哈哈地走過了去，只剩影子還殘留在地上……。

「故事到這裡就**結束**了吧！」

「然而……。」老人搖著頭說：「正當她待在朋友家時，外頭似乎愈來愈熱鬧，還能聽見『快看、快看啊！』的斥責聲。姑娘畢竟做了虧心事，內心相當煎熬。難道是那個強盜要來報仇了嗎？還是檢非違使的官差來追捕自己了呢？——思緒至此，她再也無法安心享用眼前的粥了。」

「原來如此呀！」

「於是，她從門縫中窺探著外頭的情況，只見五、六名放免和一名看督長[1]，一行人戒備森嚴地走過那群看熱鬧的男男女女。其中，有個被繩索緊綁的男子也被拽著走，他衣衫襤褸、未戴烏帽子。看來是官差逮到了強盜，正要前往失竊人家做實錄。」

「姑娘眼見此景，眼中不禁盈滿了淚水。因為那強盜就是前一晚在五条坂上擄走自己的男子。這一切是她親口告訴我的——她之所以傷心落淚，並不是因為愛上了那個男子，只是看到他被綁的模樣，她頓時覺得自己很卑鄙。她是這麼對我說的，當我聽完這番話，我深切地體悟到了一件事……。」

「什麼事啊？」

「不該輕率地向觀世音菩薩許願呀！」

「但是老爺爺，那姑娘之後的生活過得怎麼樣？」

「費了一番功夫後，她現在過得還算愜意，她後來賣掉了那些綾布和絹布，做了點小生意。唯有這點，觀音菩薩確實遵守了承諾。」

「這麼說來，吃一點虧也不算什麼嘛！」

屋外的陽光，不知何時已經轉成昏黃。在這抹餘暉中，只聽得見風吹動竹叢的咯咯聲響，穿梭於路上的行人也逐漸變少了。

「她會失手殺人，許身於盜賊，都是被情勢所逼，並非出於她的意願呀！」

武士將扇子插回腰間後站了起來。老人也用提壺的水沖洗著沾滿陶泥的雙手……。兩人似乎對這日暮漸垂的春日，和彼此的心境都有著一股無以名狀的缺憾。

「總而言之，那姑娘算是幸福的人。」

1 原為管理監獄的職責，後轉為逮捕罪人的官差。

「您別開玩笑了。」

「我是說真的。難道你不這麼認為嗎？老爺爺。」

「您說我嗎？換成是我，我寧可不要這種運氣。」

「喔！是嗎？我倒是很樂意接受這種安排。」

「這麼說來，您要開始信觀音菩薩囉？」

「沒錯！我決定明天就到廟裡去祈願。」

鼻子。

人其實有兩種矛盾的感情。當然，看到他人不幸時，人人都有惻隱之心。
然而，當不幸之人擺脫困境之際，旁人的心中又會莫名地對此感到不足。
說得誇張一些，他們甚至會希望那個人能再度陷入困境。

說起禪智內供奉的鼻子，在池尾[1]一帶可說是無人不知，無人不曉。這長度約有五、六寸長，從上唇垂到下顎。鼻根與鼻尖同厚。簡單來說就像一根香腸懸吊在臉的正中央。

已經年過五十的內供奉，從當小沙彌直到升任為內道場供奉，內心一直為這個鼻子所苦。當然，在表面上他始終裝出一副毫不在乎的模樣。因為對出家人來說，應該要一心渴求來世的淨土，不應為了鼻子而心煩。然而，最主要的原因是，他不願讓大家知道他很在意自己的鼻子。因此，在日常的閒聊中，他總是害怕旁人提及鼻子二字。

內供奉深深為鼻子所苦的理由有兩個——其一在於現實層面，因為鼻子太長，造成日常生活上種種不便。首先他無法自己用膳。如果他獨自一人吃飯，鼻尖就會碰到碗裡的飯。因此用膳之際，內供奉會叫一位徒弟坐在飯桌的對面，要徒弟在他用餐時，手持一寸寬、兩尺長的木板幫他把鼻子掀起來。不過這種用餐方式，不管是對替他掀開鼻子的徒弟，還是被掀開鼻子的內供奉而言，都不是件容易之事。有一回，一名接替徒弟工作的中童子，在挑起內供奉的鼻子時，忽然打了個噴嚏，雙手一抖，結果內供奉的鼻子就掉進了粥裡，這件事馬上傳遍整個京都。——不過，對內供奉而言，這並不是他苦惱的主因。內供奉之所以感到苦惱，是因為這鼻子深深傷了他的自尊心。

池尾附近的居民說，長了這種鼻子的禪智內供奉還好是名出家人，要不然肯定討不到老婆。甚至還有人說他一定是因為那條長鼻子才會出家。然而內供奉並不覺得當了和尚，就能減輕鼻子帶來的煩惱。內供奉的自尊心，被能否成家這類結論性的事實影響，進而變得相當脆弱敏感。因此內供奉無論在積極面或消極面上，都曾試著恢復他毀損的自尊心。

首先，內供奉想到的對策，就是找出讓鼻子看起來比實際還短的方法。於是每當四下無人時，他就會對著鏡子，從各個角度照來照去，下了一番功夫去觀察鼻子。但光是改變臉的角度還是無法安心，於是他開始用手托著兩腮，接著又用指間壓住下巴，很有耐心地端詳鏡中的自己。然而，他從沒滿意地看見自己的鼻子變短過。有時甚至愈是努力，鼻子看起來反而愈長！這時，內供奉便會將鏡子收回箱子裡，重嘆一口氣後不情不願地回到桌

1 今日京都府宇治市的池尾町。在宇治河的上游。

子前念誦《觀世音經》。

此外，內供奉也常常留心旁人的鼻子。這間位於池尾的寺廟，經常舉辦講經論典的活動。寺內僧舍櫛比鱗次，僧侶每天都會在澡堂燒熱水，因此進出此廟的僧侶甚多。內供奉總不厭其煩地觀察這些人的臉，因為他想找到和他鼻子一樣長的人，好讓自己安心。所以在內供奉的眼裡，他完全看不到那些藍色水干和白色單衣。何況橙黃的帽子與紅褐色的袈裟，更是平日見慣的裝扮，即使有看到也如同虛影。內供奉都不看人，只看人家的鼻子。——雖然曾發現過鷹勾鼻，卻怎麼樣也找不到和內供奉一樣長鼻子的人。由於一直找不到和自己一樣的人，內供奉的內心漸漸感到不愉快。而這股不悅，總害內供奉和人說話時，常無意識地抓著往下墜的鼻端瞧，並老大不小地羞紅了臉。

最後，他甚至想從佛經及其它經典上，找尋跟他有相同鼻子的人，想令自己好過一點。然而無論是哪本經典，都沒記載到目蓮和舍利佛[1]的鼻子是長的。當然，龍樹和馬鳴[2]等菩薩的鼻子也和常人一樣。當他聽說震旦[3]蜀漢的劉備有一對長耳時，他只覺得如果劉備是長鼻子的話該有多好。

內供奉在消極面上下了這番苦心，另一方面，他當然也積極地嘗試了各種縮短鼻子的方法。他喝過熬煮王瓜的湯，也曾將老鼠尿塗抹在鼻子上，在這方面能做的事，他幾乎都試過了。然而無論他再怎麼努力，依然毫無效果，那五、六寸長的鼻子仍舊好端端地垂掛在那裡。

但就在某年秋天，一位弟子趁著幫內供奉上京辦事時，向一位熟識的大夫學到了縮短鼻子的方法。那位大夫是從中國飄洋過海而來的男子，當時正在長樂寺當僧侶。

內供奉一如往常地假裝對鼻子的事毫不在乎，也刻意不說要馬上試試看。另一方面，他卻用輕鬆的語氣，說每次吃飯時都得麻煩徒兒替他掀開鼻子，實在有些不好意思。他心

1 目蓮、舍利佛兩位皆是釋迦牟尼的高徒。
2 龍樹、馬鳴兩位都是古代印度的佛教僧侶。
3 震旦是古代印度對中國的稱呼。

裡呢，自然是期待弟子開口勸自己嘗試這個新方法。那弟子其實也明白內供奉的策略，但是比起對這件事的反感，內供奉使出這項策略的苦衷，似乎更是博取了那位弟子的同情。於是弟子便如內供奉所期盼般，開始苦勸自己試試這個方法。接著，內供奉本人也如願地接受了弟子苦口婆心的勸說。

這個妙方非常簡單，只要先用熱水泡過鼻子，再叫人踏踩鼻子即可。

寺廟的澡堂每天都在燒水，於是弟子就從澡堂提了一壺熱水，那水燙到連手指都無法伸進去。若直接把鼻子放進這一壺熱水中，熱氣恐怕會燙傷臉，所以他找了一個托盤，在中央鑿了一個洞，將它蓋在水壺上後，再直接把鼻子穿過那個洞泡進熱水裡，這麼一來，就算把鼻子泡進熱水裡，內供奉也絲毫不覺得燙。過了一段時間後弟子說：

「應該燙得差不多了吧！」

內供奉苦笑著。因為光聽這句話，肯定沒有人會想到他指的是鼻子。鼻子被熱水燙得奇癢無比，宛如被跳蚤咬到似的。

弟子將內供奉的鼻子從洞中拔出來，接著雙腳使勁地踩踏還冒著熱氣的鼻子。內供奉躺臥在地，將鼻子擺在地板上，弟子兩腳一上一下地跳動。他不時露出過意不去的神情，俯視著內供奉光禿禿的頭頂問道：

「會痛嗎？大夫交代要使勁踩。還好嗎？您疼不疼啊？師父！」

內供奉想搖頭表明不會痛。然而鼻子被踩踏著，所以不能自在地搖頭。這時他抬了眼，看著弟子龜裂的腳底板，用近似生氣的口吻說：

「不痛！真的不痛！」

事實上，弟子正好踩著鼻子腫癢之處，所以比起痛，他反而還有點舒服。

踩踏了片刻後，鼻子冒出一顆顆像栗子果實般的東西。簡單來說，就像炙烤了一隻拔光毛的小鳥。徒弟見狀便停下腳步，喃喃自語地說：

「大夫說這要用鑷子拔起來。」

內供奉有些不悅地鼓起雙頰，靜靜地任憑弟子處置。他當然明白弟子是出於一片好意，但是看著弟子把自己的鼻子當成物品般處理，他的心裡也不是滋味。像是讓無法信賴的大夫操刀動手術般，內供奉擺出無奈患者的表情，不情願地看著他用鑷子從鼻子的毛孔裡，夾出了脂肪。那脂肪的形狀宛如羽毛的根，拔出來約有一公分長。

當所有程序都結束後，弟子如釋重負地鬆了一口氣說道：

「只要再燙一次就好了。」

內供奉仍眉頭深鎖，一臉不滿地依了弟子的話。

經過第二次浸泡手續的鼻子，果然明顯地縮短了不少，如此一來，內供奉的鼻子就和一般的鷹勾鼻相差不遠了。他一邊摸著縮短的鼻子，害臊且膽怯地照起弟子拿來的鏡子。

那鼻子——原本垂到下巴的大鼻子，竟神奇地縮短了，只見鼻子苟延殘喘地垂掛在上唇。其他各處還有一些泛紅，大概是剛才踩踏過的痕跡吧！現在這個樣子應該再也沒有人會取笑我了吧！——鏡中的內供奉，看著鏡外的自己，非常滿意地眨了眨眼睛。

可是，當天他仍感到忐忑不安，深怕鼻子會再度變長。不論是誦經或是吃飯，只要一有時間，他就會伸手撫摸鼻子。而鼻子依舊端端正正地掛在那裡，毫無變長的跡象。睡過一晚之後，隔日早晨，當他一睜開眼睛，便馬上伸手去摸自己的鼻子，而鼻子仍保持著同樣的長度。內供奉此時感到十分神清氣爽，就宛如耗時多年，總算抄寫完《法華經》如願累積了功德般愉悅。

但是兩、三天後，內供奉意外發現了一件事實——正好有事造訪池尾寺的武士看見自己時，臉上竟帶著比以往更深的笑意，連話也說不清楚，就只是直盯著內供奉的鼻子瞧。非但如此，那個之前害他鼻子掉到粥裡的中童子，在講堂外和內供奉擦身而過時，起初還會低頭憋笑，但最後似乎忍不住，直接噴笑起來。還有那些打雜的法師們，每當內供奉有所吩咐時，他們雖會恭敬聆聽，但當他轉過頭後他們就會立刻在他背後吃吃地笑。類似情形已不只一、兩次了。

起初，內供奉以為這一切是自己的相貌突然改變之故。但是單單這個解釋，似乎又無法清楚地說明一切……。當然，這或許是中童子和打雜的法師們大笑的原因之一。然而這種笑法和之前長鼻子的時候不一樣。如果是因為看慣了長鼻子而覺得短鼻子滑稽，或許也說得過去，但其中似乎還有別的因素在。

——他們以前可沒笑得這麼厲害啊！

內供奉常常誦經誦到一半就歪起頭，一個人喃喃自語地說道。令人敬愛的內供奉，這時都會茫然地望著掛在一旁的普賢菩薩畫像，回想起四、五天前仍是長鼻子時的情景，陰鬱地想著「如今零落者，卻憶榮華時」。——很遺憾地，內供奉欠缺了能夠回答這個疑問的智慧。

——人其實有兩種矛盾的感情。當然，看到他人不幸時，人人都有惻隱之心。然而，當不幸之人擺脫困境之際，旁人的心中又會莫名地對此感到不足。說得誇張一些，他們甚至會希望那個人能再度陷入困境。雖然不顯著，但在不知不覺中，便逐漸開始對那個人抱有某種敵意——內供奉雖然不明白箇中緣由，但令內供奉感到不悅的是，從寺內僧侶們的態度中，他能深切感受到那些旁觀者的自私。

於是，內供奉的脾氣愈來愈壞了，動不動就出言不遜，莫名其妙地斥責他人，最後連替他治療鼻子的弟子也開始在背地裡罵道：「內供奉會受法慳貪之罪[1]的！」讓內供奉特別生氣的是那個愛惡作劇的中童子。有一天，院子突然傳來一陣淒厲的狗叫聲，內供奉便到外頭一探究竟，只見中童子揮動著兩尺長的木板，追著一隻瘦骨如柴的長毛狗。他一邊追，一邊喊著：「就別讓我打到鼻子！嘿！別讓我打到鼻子！」內供奉奪下中童子手中的木板，狠狠地往他臉上打。而這塊木板就是當初內供奉用膳時掀鼻子所用的。

此時此刻，內供奉內心憤恨不已，恨自己為何勉強讓鼻子變短。

事情發生在某天夜裡。這天太陽下山後，忽然刮起一陣狂風，塔上的風鐸陣陣作響，實在是擾人清夢。再加上寒氣逼人，更使年邁的內供奉輾轉反側難以入眠。他在被窩裡翻來覆去，突然間覺得鼻子有點癢，伸手一摸只覺得鼻子有些水腫，看來這裡好像也開始發熱了。

1 貪法自用，不施教他人的罪孽。

——也許是之前硬要把鼻子弄短，說不定染病了。

內供奉像是要在佛前獻香供花般，以極為虔誠恭敬的手勢搗住鼻子，小小聲地說著。

翌日清晨，內供奉一如往常地早起。乍見寺院內的銀杏樹及橡樹，在一夜之間落了滿地的葉子，庭院就像鋪了金黃色的地毯般閃閃發亮。或許是塔頂上積了霜的緣故，九輪[1]在晨曦中顯得格外刺眼，禪智內供奉站在拉起了木格狀板牆的走廊上，深深地吸了一口氣。

此刻，一種幾乎就要被遺忘的感覺，又悄悄爬回內供奉的心底。

內供奉慌張地摸了摸鼻子，結果他摸到的並不是昨天的短鼻子，而是那個從上唇垂到下顎，約有五、六寸長的鼻子。此時，內供奉意識到，他的鼻子在一夜之間，又恢復到原先的長度了。而此刻的心情，就和鼻子變短時的情形相同，那股神清氣爽的感覺，再次來到了他的心中。

——現在這個樣子，應該沒人會再笑我了吧！

內供奉在心裡頭對自己低語著，任由黎明的秋風吹動他的長鼻子。

1 塔上露盤的柱頭裝飾。

邪宗門。

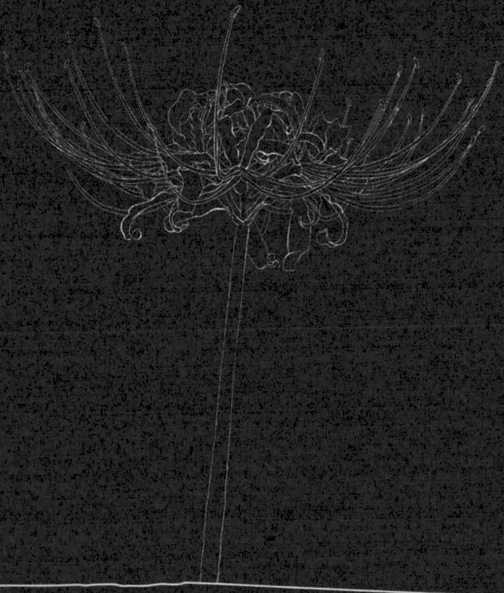

不能否定，愛情的確很短暫。但它卻能讓人忘卻世事無常，
人只有在戀愛的時候，才能暫時品嚐到蓮華藏世界裡的妙藥。

一

前些日子，我有和大家說過崛川王爺一生中最駭人的故事，也就是地獄變屏風[1]的由來。而我今天要說的是小王爺這輩子唯一經歷過的奇事。但在進入主題前，我們先來談談王爺在沒有任何徵兆下，突然生病駕崩的經過。

這件事好像是發生在小王爺十九歲那年。雖說王爺是在毫無預警的情況下生了一場大病，但其實在他生病的前半年，王府就發生了一連串的凶兆，諸如王府上空有流星飛過；院子裡的紅梅樹竟不逢時節地開花；馬廄裡的白馬一夜之間變成黑馬；還有池塘裡的池水突然乾枯，使得池中的鯉魚和鯽魚都只能張著嘴在泥堆中喘息……。這些怪異的現象中最令人害怕的，就是有個妻妾夢到秀良[2]的女兒乘著一部熊熊燃燒的車，緩緩從天而降，拽著車的還是個人面獸身的怪物，車內傳出一道溫柔的嗓音，說著：「我是來迎接王爺的。」同時，那個人面獸身的怪物也突然抬起頭來大聲吼叫。即使是在黑暗的夢境中，也能清楚地看見野獸張著血紅的大嘴。那名妻妾忍不住發出尖叫，並因為這聲尖叫而從夢中驚醒，醒來時她已經嚇出一身冷汗，心臟還像急槌敲鐘般「撲通撲通」地跳動著。這些怪異的現象，從公卿貴族直至我等平民都感到十分悲痛害怕，只好聘請靈驗的法師前來作法祈福，並在王府的各個角落貼滿陰陽師的符咒，但這或許是一個難以逃脫的劫數吧……。

某天——一個大雪紛飛，寒意刺骨的日子，王爺從今出川大納言[3]的府邸，搭車返回王府的途中突然發了高燒，回到王府時王爺嘴裡直嚷著：「好熱！好熱！」身體甚至開始冒出令人作嘔的紫煙，彷彿會將被褥的白稜燻黑。原本就一直待命的法師、大夫、陰陽師等人此時更是絞盡腦汁，竭盡心力地想挽救王爺的性命，然而王爺的體溫卻愈升愈高。最後王爺還痛苦地從床上滾下來，發出宛如他人般的嘶啞嗓音喊叫著：「啊——！我身上著

1 指芥川龍之介於一九一八年發表的短篇小說《地獄變》。

2 《地獄變》的登場人物之一，是名畫師，目睹女兒被鎖在車中活活燒死後，畫下地獄變屏風便自盡。

3 專門參議庶事、敷奏、宣旨、侍從、掌管獻替的官職，官位相當於三品、四品。

火了嗎？這到底是什麼煙呀？」他發狂似的不斷吼叫，就在短短六小時後，王爺再也沒有發出任何聲響，悽慘地死去。當時的悲痛、恐懼及遺憾——即使到了現在，依舊深刻地印在我的腦海裡。裊裊上升的護摩[1]之煙；身穿紅袴褲的妻妾們哭得驚慌亂竄的鮮紅身影；茫然不知所措的法師和術士們……這一切場景，仍清晰地浮現在眼前。即使只是說起事情的大致經過，眼眶也會盈滿淚水。但記憶中，年少的小王爺卻毫無慌亂之舉，只是鐵青著臉不安地靜坐在王爺床邊，現在回想起小王爺當時的模樣，就猶如嗅見磨亮淬刃時的氣味，滲透全身令人不寒而慄，但同時也給人一種能夠依靠的奇妙感覺。

二

兩人雖為父子關係，但這世上要像王爺和小王爺一樣，外貌和性格都有極大差異的父子可就不少見了。誠如大家所知，王爺的身材魁梧肥胖，而小王爺則是中等身高且偏瘦的男子。論容貌，也與王爺英姿勃發，宛如神將般雄壯威武的相貌不同，小王爺的長相十分斯文俊秀。大概是遺傳自美麗的母親吧！細長的眉毛、冷峻的眼神、端正小巧的嘴巴，出落得如女子般標緻。雖然他常露出憂鬱的神情，不過當他穿上正裝後，那姿態宛如天上的神仙般神聖，極具威嚴。

王爺與小王爺最大的差異，應該是在於做事的氣度。王爺生性豪放，英勇雄壯，總想做些驚人之舉。而年輕的小王爺卻是極為溫文儒雅。比方說，從堀川的府邸就能看出王爺的雄心壯志。而小王爺打造的龍田院規模雖小，卻重現了菅丞相[2]和歌中的情景——滿院繽紛的紅葉，穿過庭院的潺潺小溪，以及溪中戲水的白鷺鷥，無一不能展現出小王爺高雅的情調。

正因如此，雖然王爺行事好大喜功，但小王爺則喜愛研讀詩詞歌賦，並與各領域的高

1 即焚燒、火祭。

2 菅原道真（八四五年～九〇三年）平安時代的學者被視為學問之神。

手名師交情甚好，常忘卻彼此的身分之別成了忘形之交。他不僅喜愛文學，還下功夫研究各種藝術的奧祕，雖然小王爺不吹奏笙，但大家都說「自知名的帥民部卿[1]以來，能乘三舟者[2]，只有小王爺一人。」因此小王爺的名句詩歌，也常出現在皇室的詩集中，其中評價最高的，莫過於良秀於龍蓋寺法會創作〈五趣生死圖〉時，小王爺聽了兩位唐人的問答後詠下的絕妙詩歌。當時，磬缽上鑄有兩隻孔雀夾著八葉的蓮花，唐人欣賞此磬缽時，有一個人說：「捨身惜花思」，另一個人則回答說：「打不立有鳥」——聽聞唐人的問答後，在場的人都不懂其涵義，正當大家都在苦思推敲時，小王爺立刻取出隨身的扇子，為大家寫下了這首詩。

捨身擊鳥願護花
卻看有鳥不動身

三

王爺和小王爺各方面都相差甚大，因此父子倆的感情似乎也不太和睦。坊間也傳了許多空穴來風的謠言，其中甚至有人說他們是因為同時爭奪一位官妃，兩人才會鬧不和。這根本就是無稽之談！據我所知，在小王爺十五、六歲時，他和王爺之間的感情就已經不太好了，而這也是我方才提到小王爺不吹奏笙的主要原因。

當時小王爺很喜歡吹笙，於是拜他的遠房堂兄，也就是中御門少納言[3]為師。這位少納言承襲了名為枷陵的名笙，和大食調入食調[4]的樂譜，在笙樂界可說是少有的名家。

1 源經信（一〇一六年～一〇九七年），平安時代後期的公卿，博識多藝，詩歌管弦樣樣精通。
2 指詩、歌、管絃三種才藝樣樣精通。
3 兼任天皇侍從的秘書官，官位相當於四品。
4 這些都屬於雅樂的六調之一，全都是笙的樂曲。

小王爺跟在少納言的身邊學習，長期互相切磋下累積了一定的實力，可是每當他要求少納言教他大食調入食調之譜時，不知何故少納言總是一口回絕，不管他如何再三拜託，都得不到滿意的答覆，為此小王爺常深感遺憾。有天小王爺和他父親玩骰子時，不經意地將這個不滿說了出口。王爺聽完後一如往常地哈哈大笑，然後說道：「別再為此事感到不滿，你很快就能得到這個樂譜了。」他溫柔地安慰小王爺。然而，半個月後的某天，中御門少納言出席了堀川王府的酒宴，當他準備回自己的府邸時，卻突然吐血身亡。但我們暫且先不深談此事。到了第二天，小王爺經過大廳時，竟發現那張鑲有貝飾的桌上，擺放著他夢寐以求的伽陵名笙和大食調入食調之譜。即使沒明說，想必大家也明白是誰拿了這些寶物過來。

日後，當他們父子倆又在玩骰子時，王爺說：

「近日，你吹笙的技術，應該大有進步吧！」王爺語帶叮嚀，但小王爺只是默默不語地望著盤面。

「不，我這一輩子都不會再吹笙了。」他悠悠地吐出這句話來。

「為什麼呢？為什麼不再吹了呢？」

「雖只是微薄心意，但我想藉此憑弔少納言的亡魂。」

小王爺一邊說著，一邊用銳利的眼神注視著王爺的面容。但王爺卻裝作沒聽見他說的話，用力搖著骰子說道：「這一次我無地勝[1]囉！」若無其事地繼續玩骰子，而這段談話也就畫下了句點。他們父子之間的關係，也就是從這個時候開始起了變化，參雜了一份不愉快的回憶。

四

直到王爺生病去世為止，他們父子倆就像兩隻禿鷹，翱翔於天際的同時仍互相窺視著

1 玩骰子最贏的形式。

對方，一刻都不休息地盯著對方。但是，如同先前所說的，小王爺不是個喜歡與人爭吵、辯論的人，因此對於王爺的所作所為，他都不曾表示任何意見。只是偶爾會露出嘲弄般的笑，或是用他那張小巧的嘴說幾句尖酸刻薄的話來批評他。

還記得王爺曾在二条大宮遭遇百鬼夜行，最後仍平安地全身而退。這件事轟動了整個洛中洛外，只見小王爺不以為然地說：「不過就是鬼遇到鬼而已嘛！父王他當然不會有事，有什麼好大驚小怪的。」之後，王爺在東三条的河原院裡，對每晚現身的融左大臣亡靈大聲一吼後，亡靈便嚇得消失無蹤。聽聞此事，小王爺一如往常不屑地笑道：「聽說融左大臣富有文采，但父王對這些事情根本一竅不通，祂覺得一點意思也沒有，所以才會自動消失的。」

那些話對王爺而言似乎相當刺耳，小王爺的酸言酸語曾不小心傳進了王爺的耳裡，王爺雖苦笑帶過，但還是能從他的臉上看出內心的怒火。有一次，在大內賞梅的回程上，王爺座車的老牛不小心撞上了一位老人，那老人卻雙手合掌，好像認為被王爺的牛撞傷很幸運似的，真心誠意地感謝神明。看見此景，小王爺竟當著王爺的面，對牽著牛的牧童說：

「你真笨！牛都撞到人了，何不再以車輪把他輾死呢？那位老人即使受了傷，還心懷感激呢！要是能死在王爺的車輪下直接上西天的話，他不就更開心了嗎！而父王的聲名不也就更加遠播了嗎？真是個不靈光的傢伙！」聽到這些話，王爺心情極差無比，手上的扇子都快要往小王爺的身上打了。我等一行人都替小王爺捏了一把冷汗，可是小王爺卻若無其事地露出美麗的白牙笑著繼續說：「父王！父王！您別生那麼大的氣，牧童知錯了。以後會注意輾死每個人，好讓您的聲名遠播至中國。」面對小王爺的冷嘲熱諷，王爺只是垮著一張臉，忍住滿腔怒火一言不發地離開。

王爺父子倆之間的關係就如上述般冷淡，正因如此，當王爺臨終時，小王爺動也不動地守在一旁的身影，在我的心中烙印下了不曾有過的不可思議之景。剛才也有提過，即使到了現在，只要一回想起當時的場景，就彷彿能嗅見抛光淬刃時所散發的氣味，滲入全身令人不寒而慄，但同時也能感受到一股可靠的奇妙感覺。當時的我們，對當家交替一事都感到相當慌張——彷彿不單是王府內部發生了劇變，就連壟罩天下的太陽都突然由南轉北般徬徨失措。

五

自從小王爺當家後，崛川王府上上下下都呈現出前所未有的新氣象，如沐春風般的閒適悠然。不消說，諸如和歌、對花牌或情書對答等活動，舉行的次數都比以往更頻繁。此外，以侍女為首，直至武士，個個舉止都溫文儒雅，就如同畫卷中的人物活生生地走入現實世界般，這些改變更是自不待言。然而，其中改變最大的，就是出入王府的達官貴族都換了一批面孔。無論是多麼叱吒風雲的大臣大將，若沒什麼出色的才藝，想見上小王爺一面可說是非常困難。即便是見到了小王爺，但面對滿屋子的風流才子，都無不自慚形穢，無地自容地悄然離去。

相反的，只要擅長詩歌、精通樂器之人，哪怕是無官出身的卑微武士，都能獲得小王爺優渥的賞賜。比方說，某個秋夜，當時月光灑落於窗台上，某處傳來了紡織聲，小王爺突然隨意喚了個人，一名新來的武士便上前等待指示，此時小王爺不知起了什麼雅興，忽然對那名武士說：

「你應該也有聽見織布聲吧！可否以此為題，做一首詩呢？」這位武士歪著頭想了半天後終於說出：「青柳……」這兩個字作為開頭。或許是因為青柳不合乎現在的時節，才令人覺得可笑吧？在座的侍女們都開始吃吃竊笑。但是武士又接著說：

「青柳綠線纏成團，盛夏已逝秋意來，夏時綠紡秋時織，機杼聲響傳千里[1]」。當他流利地吟完這首詩後，在座的每個人頓時間鴉雀無聲，小王爺則從格子房裡取出一件胡枝子花紋的衣裝，送給那名年輕的武士。其實這名年輕武士正是我妹妹的獨生子，與小王爺年紀相仿，這是他第一次為小王爺效勞，之後也很榮幸地多次得到小王爺的賞識。

小王爺一生的風流韻事大致上都大同小異。後來他也納了妃妾，每年除目[2]時，他的官位也就隨之高升。這些事都是眾人熟知的，我就不再多做說明了。我所要說的是先前和

1 本段故事見於《古今著聞集》。

2 任命大臣以外諸官的儀式，每年舉行兩次。春天稱縣召，秋天則叫做司召，前者屬於地方官，後者是京官。

大家提過的，小王爺這輩子唯一經歷過的奇事。正因為他和王爺的行事作風大不相同，所以縱然他擁有天下第一風流男子的雅號，但他的一生中除了這件事外，也沒什麼膾炙人口的軼事了。

六

那是發生在王爺去世約莫五、六年後的事。那時小王爺正迷戀著之前提到的中御門少納言的獨生女，她是位非常美麗的公主。因此，小王爺天天忙著寫些文情並茂的情書給她。即使現在和他提起當時的痴情舉動，小王爺仍會露出爽朗的笑容說道：

「老伯！天下事無奇不有，當時我之所以會如此著迷，寫出那些拙劣的情歌、詩詞，全都是因為被愛沖昏了頭。就好像誤踏了狐仙塚，突然陷入狂迷般。」小王爺如此瀟灑地自我解嘲。但當時的小王爺的確與平時判若兩人，無可自拔地沉溺於愛情海中。

可是，對公主這般痴迷的不只小王爺一人而已。那時候還有許多年輕的貴族公子哥兒，也都無藥可救地迷戀著公主。公主自她父親那一代開始，就一直住在二条西洞院的宅邸中，前去拜訪的仰慕者絡繹不絕，有的是驅車前去，有的人則是徒步抵達。聽說有一晚，同時有兩個人在宅邸外的梨花樹下，藉著月光吹奏笛子想吸引公主的注意。

曾有位名叫菅原雅平的秀才，高名遠播的他也愛上了公主，但因為得不到公主的青睞，便含恨遠離世俗流浪到九州，甚至有人說他渡過東海，遠到中國去了。總之，後來再也沒有人知道他的去向了。這位秀才是和小王爺私交甚篤的文友，和小王爺書信往來時，據說他會把小王爺喻為樂天，而稱自己為東坡[1]。這般風流倜儻的才子，儘管再怎麼迷戀公主，也不該因為得不到佳人的回應就將寶貴的生涯葬送於邊境呀！實在是不應該！

但反過來想，或許也不能怪他，因為公主實在美得無與倫比。我曾經見過公主一、兩次，那時她身著柳櫻相襯的衣裳，綁在腰際上的錦帶還穿了一塊玉，那塊玉反射著大殿的

1 樂天是指唐朝詩人白居易。東坡是指宋朝的蘇東坡。

燈火，發出了璀璨耀眼的光輝，她眼簾微垂地向下望，那豔麗迷人的姿態實在令人難以忘懷。而且公主個性特別率直，所以當公主碰到一些吊兒郎當的王孫貴族時，她不但是不予理會，甚至還能馬上看透對方的本性，像逗弄小貓般戲弄了一番後便棄於一旁。

七

正因如此，這些愛慕公主的追求者們，鬧出了許多宛如《竹取物語》裡會出現的笑話，但其中就屬京極的左大弁最為可憐。因為他皮膚黝黑，所以京都的人都戲稱他為烏鴉左大弁。他和其他人一樣也愛上了中御門公主。他很聰明卻膽小如鼠。不論他多麼思慕公主，就是不敢直接表明自己的心意，也不好意思向朋友提起這件事。但他終究被人發現偷偷跑去看公主。有天，他的朋友抓住這個機會，試了各種方法不斷逼問他事情真相。結果烏鴉左大弁在逼不得已的情況下，竟想出了一個說詞：

「我並不是單戀公主，其實，公主也對我頗有好感。所以我才會不辭辛勞地前去王府。」為了證明自己所言不假，他還拿出公主與他來往的詩歌、情書，假裝真有這麼一回事。這些愛惡作劇的朋友在半信半疑的心態下，立刻偽造出公主的信件，將信綁在藤樹枝上送給了左大弁。

接到信的京極左大弁高興得心裡小鹿亂撞，他慌慌張張地將信打開一看，想不到公主竟在信上寫道，儘管思慕自己卻只換得自己冷淡的回應，公主覺得這是段無法實現戀情，於是決定要削髮為尼遠離塵世。左大弁連作夢也沒想到自己竟會受到公主的厚愛。他悲喜交加地呆望著攤平的信件，嘆息嘆了好一會兒。他覺得自己無論如何都要去見公主一面，要將那份一直深藏於心中的情意全都吐露給公主才行。當時正好是下著梅雨的傍晚，左大弁帶著一名隨從替他撐傘，悄悄來到公主居住的二条西洞院的宅邸，只見大門深鎖，他敲門敲了老半天，卻沒有半個人出來應門。天色愈來愈暗了，路上的行人也愈來愈少了，耳邊只聽得到青蛙呱呱的叫聲，雨勢也開始轉大，他全身上下都被雨淋濕了，連視線也模糊了起來。

過了好久好久，大門終於開了。從裡頭走出一位與我年紀相仿，名叫平太夫的老僕人，他手中拿著一封繫在藤樹枝上的信，一言不發地將信交給左大弁後，就轉身進門。

左大弁傷心極了，一路哭哭啼啼地回家。回家後把信打開一看，裡頭只寫了一首古詩。日夜思伊人，怎料只聞伊人心不在，日思夜思終淪為單思，只好將情絕。[1]

無需我再多做解釋，公主顯然已經從那些喜好惡作劇的公子哥兒那裡，得知左大弁的自作多情了。

八

話說到這，或許已經有人開始拿公主和其他公主做了比較，並覺得中御門公主的事蹟似乎有點誇大不實。但我是專門服侍小王爺的人，實在沒有必要憑空捏造這些故事啊！當時洛中最有名的兩位公主，就屬她和一位喜歡養奇怪昆蟲的公主，甚至連大蛇都是她的寵物，是位不可思議的公主[2]。但這位公主的故事沒什麼特別好說的，我就在此停筆了。中御門公主由於雙親早逝，王府裡就只有方才提過的平太夫和一些侍奉她的男、女僕，再加上受到上一代的庇蔭，生活起居不虞匱乏，所以她自然就會仗著自己的美貌和豪爽的個性，不把世俗的眼光放在眼裡，過著玩世不恭的生活。

而在這人言可畏的社會裡，竟有人造謠公主是少納言的王妃和我們王爺的私生女，還說少納言之所以會死，是崛川王爺因愛成恨毒殺了他。然而，我之前也已經交代過少納言驟死的真相，事實並非如傳言所說，那全都是些空穴來風的謠言，否則小王爺也不會對公主如此著迷。

1 出自《古今和歌集》中的古曲。

2 所指的是《堤中納言物語》〈愛蟲的公主〉中的女主角。

據我所知，最初不論小王爺對公主如何獻殷勤，公主的態度始終非常冷淡。不！何止這樣，當我外甥要替小王爺送信時，公主就像對待烏鴉左大弁一樣，怎麼樣都不開門。尤其是那位平太夫，不知為何特別仇視堀川王府的人。當時正逢梨花盛開之期，空氣飄散著爽朗的春日氣息，平太夫從圍牆上冒出了滿是白髮的頭，捲起衣袖，咬牙切齒地對打算強行而入的外甥說：

「喂！你是小偷嗎？如果是的話我可饒不了你。你要是敢跨進門一步，我平太夫一定把你劈成兩半。」要是換成我，可能早就演變成砍殺事故了。但外甥只是以路邊的牛糞取代石頭，抓起後便往內一丟，接著就返回崛川王府了。在這種情況下，信就算平安送到公主手中，也得不到任何回音。不過小王爺卻不以為意，依然三天兩頭就派人送情詩、情書或畫卷給公主，持續了三個月之久，非常有耐心。正因如此，小王爺平常才會說：「那陣子會如此熱衷於寫那些笨拙的情詩、情書，全都是被愛沖昏了頭。」真是一點也沒錯。

九

事情就是在那段時間發生的。洛中出現了一位怪異的沙門，他到處宣揚不曾聽聞過的「摩利教」[1]。這件事曾喧騰過一陣子，大家應該多少都有聽說過。有人說，書上寫道「從中國來了個天狗」的時期，正好碰上染殿王妃被鬼怪附身的時間，而這個天狗就是在說此名沙門。

如此說來，我第一次見到這個沙門的時間，還真的是在那個時候。記得當時櫻花齊放，是個天空灰濛濛的正午，在辦完事的歸途中經過了神泉苑，看見神泉苑的圍牆前有許多頭戴揉烏帽子、立帽的人，還有一些頭戴市女笠的圍觀者，約略有二、三十人。其中還夾雜著一些騎竹馬的小孩，大家聚在一塊嘻嘻哈哈地玩鬧。我還在想他們是不是中了福德大神

1 為基督教的一個支派，但是在歷史上並無文獻可考。不過在八世紀左右，一個中國化的基督教支派——景教，已傳入日本，有人推測這或許就是書中的摩利教。

的邪才會這樣瘋狂地手舞足蹈，不然就是又有粗心大意的近江商人[1]遭盜匪搶劫了呢！因為實在是騷動得很厲害，在好奇心的驅使下，我也前去一探究竟。想不到人群中央竟站了一名看似乞丐的沙門，他嘴裡唸唸有詞，單手舉著旗桿，旗桿上是一幅從未看過的女菩薩畫像。他的年紀看起來差不多三十歲，皮膚黝黑，眼睛有點往上吊，長相十分具有特色，身上還穿了一件皺巴巴的黑色袈裟，一頭亂七八糟的及肩捲髮，脖子上還掛著一個十字型的怪異黃金護符，看起來和一般法師完全不一樣。當我見到他時，正好刮起了一道風，神泉苑的櫻花隨風飄散，而花瓣就這樣灑落在他的頭上，那種姿態，與其說他是個人，不如說他是智羅永壽[2]的後代，其怪異的外型，讓人不禁懷疑他的袈裟底下，恐怕藏有天狗的鳶翼。

這時原本站在我身旁的壯碩鐵匠，迅速地搶過孩童手中的竹馬，咬牙切齒地怒斥：

「你竟敢說地藏菩薩是天狗妖怪。」說完就給了沙門一記耳光。但挨打的沙門卻露出了令人毛骨悚然的微笑，更是高舉了那幅女菩薩的畫像，任它在狂風中飛舞。

「即使這輩子享盡了榮華富貴，但只要是違背天上皇帝旨意之眾，一旦死去，就會立刻被打入阿鼻地獄。肉體會不斷遭受業火的折磨，只能痛苦吼叫永不得超生。至於對天上皇帝派遣的使者——摩利信乃法師動粗之人，不必等到大限將屆，明日就會遭到諸天童子的處罰，染上痳瘋病。」看著氣勢囂張的沙門，我和其他在場的人都嚇得不敢吭聲，而那位打鐵匠也只是舉著竹馬，錯愕地望著那瘋狂的沙門。

十

但是過了好一會兒，打鐵匠又再次舉起竹馬說道：

1 語出《宇出拾遺物語》卷一〈大童子偷鮭魚之事第十五〉。

2 出自《今昔物語集》卷二十第二篇〈震旦天狗智羅永壽渡此朝語〉。

「你還敢在那裡胡言亂語！」他氣勢洶洶地一邊罵，一邊朝沙門衝了過去。

當然，我和其他圍觀的人，無不認定打鐵匠手中的竹馬肯定狠狠打中了沙門的臉。然而……不！竹馬似乎確實在沙門曬得焦黑的臉上，留下了一道蚯蚓般的傷痕。只是，在橫掃而下的竹馬揮落沙門頭上的櫻花瓣之前，突然應聲倒下的人，竟是動手的打鐵匠而非沙門。

一看到這情形，大家都嚇得逃之夭夭，原先那些戴著揉烏帽子與頭戴立帽的人，也都窩囊地逃離沙門的身邊，只見打鐵匠手握竹馬倒臥在沙門的腳旁，就像癲癇病發作般挺著胸膛口吐白沫。沙門盯著他好一會兒，然後又將目光轉到我身上。

「看到了吧！我說的話才不是胡言亂語！諸天童子立刻就以看不見的劍，對這位無禮之人加以懲罰。幸好他的腦袋瓜沒破，不然他就要血濺街頭，他這樣已經是不幸中的大幸了。」他洋洋得意地說著。

就在此時，鴉雀無聲的人群中，突然傳出一位孩童的哭喊聲，原來是剛才拿著竹馬的其中一個孩子，他任及肩的齊髮飛舞著，連滾帶爬地衝向倒臥在地的打鐵匠。

「父親！父親！醒醒啊！父親！」

不論他多麼用力地哭喊，打鐵匠卻好像已經魂歸九泉似的動也不動。連嘴邊吐出的白沫也被風吹落在他的胸膛，染濕了白色水干。

「父親！父親！」

孩童一次次地呼喊著他的父親，但打鐵匠仍昏迷不醒，孩童立刻憤怒地撿起父親手上的竹馬，雙手握著竹馬發狂似的衝向沙門。但沙門隨即用他手中的畫像旗不費吹灰之力地推開了竹馬，再次露出那令人作噁的笑容，並刻意裝出溫柔的嗓音說：「真是豈有此理！你父親的死又不是我這個摩利信乃法師害的，你就算責備我，你父親也不會醒過來。」

與其說孩童有聽出他話中的道理，不如說他自知怎麼樣也打不贏沙門。打鐵匠的兒子又揮動了五、六次手上的竹馬後，就哭喪著臉佇立於馬路中央。

十一

目睹一切的摩利信乃法師臉上帶著冷笑，走到孩童身旁對他說：

「你真是個聽話又懂事的小孩，只要你乖乖的，諸天童子一開心，你父親很快就會恢復元氣。現在你也一起向天上皇帝禱告吧！請求祂大發慈悲，放過你父親一次吧！」

沙門說完話後，便將畫像抱在胸前，在大馬路的正中央恭敬地低頭下跪，雙眼緊閉，嘴裡念念有詞地高聲念誦著古怪的陀羅尼經文，究竟唸了多久我們也不知道。我們圍著沙門，觀看這不可思議的祈禱，約略經過了半個時辰，沙門終於睜開眼睛，伸手往打鐵匠的臉上一摸，打鐵匠瞬間恢復了血色，接著從冒著白沫的口中，發出了一聲痛苦的長吟。

「啊！父親，你活過來了。」

孩童拋開手中的竹馬，開心地跳了起來，接著跑向他父親身旁，準備扶起他時，打鐵匠卻像喝醉酒似的，一邊呻吟一邊搖搖晃晃地站了起來。接著沙門看似非常滿意地悠然起身，像是替那對父子遮陽般，將女菩薩的畫像擋在他們頭上，莊嚴地說道：

「天上皇帝的威德，就像天空一樣無邊無際，你們一定要相信祂。」

打鐵匠父子蹲在地上相擁，他們或許是被沙門的法力嚇得魂不附體，一抬頭看見女菩薩的畫像，便顫抖著身軀滿懷感激地合掌膜拜。在場圍觀的人受到他們的影響，有兩、三人也脫掉竹笠或是扶正烏帽子，開始朝畫像膜拜。而我卻覺得這個沙門及女菩薩的畫是邪魔歪道，所以在打鐵匠清醒後，我就匆匆離開了現場。

後來才聽人家說，這位沙門所傳的教義是來自於中國的摩利教，至於這位自稱摩利信乃法師的男子，沒有人知道他到底是日本人還是中國人，其中，也有人說他既不是中國人也不是日本人，而是從遙遠的印度而來，還說他白天時會在街上行走，但一到夜晚，他那黑色的法衣就會變成翅膀，在八阪寺的高塔上飛舞。這一切當然都是無稽之談，不過這個摩利信乃法師的所作所為，都充滿了神秘的奇幻之事，令人不禁認為那些謠傳，或許是真有其事。

十二

之所以說奇幻，首先那個摩利信乃法師，他以怪異的陀羅尼之力，在短時間內治癒了許多人的病。比方說，他讓盲人重見光明、跛腳的人可以走路、啞巴能開口說話……要一一細數還挺煩人的。當中最令人感到不可思議的，就是他醫好了攝津守長久不治的人面瘡。這個攝津守之前竟從遠方朝自己的外甥射箭，搶走了他的妻子，或許是報應吧！他的左膝蓋上就長了個像他外甥臉型的怪瘡，日夜飽受如針刺骨般的疼痛。但自從接受了沙門的加持後，人面瘡的神情竟漸漸轉為柔和，最後從類似嘴巴的地方唸出一句「南無」後，怪瘡就瞬間消失不見了。就因為如此，無論是被狐狸、天狗，或是其他不知名的妖魔鬼怪纏身，只要摩利信乃法師一拿起十字架護符祈禱，那些鬼怪就如同啃食樹葉的昆蟲被狂風掃落般瞬間飛逝。

但摩利信乃法師的法力受到大家崇拜景仰的原因，不單單只有這些。就像我之前在街上看到的情況般，只要有人毀謗摩利教或是斥責信徒的話，那個沙門就會立刻施展可怕的神譴。拜其所賜，井水曾突然變成腥臭的血水，稻田也曾在一夜之間被蝗蟲啃得精光，最可怕的是，白朱社女巫等人想咒殺摩利信乃法師時，反遭神譴，成了人見人怕的痲瘋病患。因此，說他是天狗化身的謠言也就不脛而走。之後有位獵人曾揚言沙門若是天狗，他就要一箭射死他，還特別從鞍馬遠道而來，結果他似乎被諸天童子的劍刺瞎了雙眼，最後竟成了摩利教的信徒。

隨著日子一天一天過，來勢洶洶的摩利教吸引了男女老幼紛紛加入，信徒日益增加。據說要成為正式的信徒，必須用水浸濕頭部，舉行一種灌頂的儀式，因為在儀式完成前，就不算以清白之姿皈依天上皇帝。以下是我外甥的親身經歷。有天他經過四条大橋時，看見橋下的河畔聚集了一群人，於是他好奇地一探究竟。原來是摩利信乃法師在替一位東國[1]來的武士進行那個奇怪的灌頂儀式。河畔上站著佩帶長刀的嚴肅武士，和舉著十字架護

1 即日本關東、東海地區。

符的奇異沙門，兩人的身影倒映在飄有櫻花瓣的溫暖加茂川上，舉行著從未見過的儀式，想必那一定是個有趣的奇景……。對了！之前忘記告訴各位，摩利信乃法師來到京都後，便在四条河原的貧民窟旁，用小草蓆搭建了一間小屋，始終獨自一人幽居於此。

十三

言歸正傳，在這段期間，小王爺因為某個意外，而得以和心儀已久的公主親密交談。這件意想不到的事就發生在一個花橘盛開、杜鵑輕啼、天將降雨的夜晚。那天晚上，月亮難得地露臉了，在明亮的月光下仍可矇朧地看見對面來人。小王爺正準備悄悄地從某個侍女的住處打道回府——怕引人注目，他只帶了一、兩位貼身隨從——牛車在月光下緩緩而行，由於時間已經很晚了，所以除了遠處田裡傳來的蛙鳴伴隨著車輪的聲響外，路上並沒有其他行人。尤其是經過那孤寂且時常冒出燐火的美福門外時，莫名地感到不寒而慄，甚至覺得連拉車的牛也有察覺到這怪異的氣氛，而加快了步伐……。就在此時，對面圍牆的陰影處突然傳來可疑的咳嗽聲，瞬間，大約有六、七個蒙面強盜，手持映著月光的刀劍，朝小王爺的座車凶猛地撲了過來。

同一時間，不管是養牛的牧童，還是隨從，無不被這突發事件嚇得魂飛魄散。連叫都來不及，馬上一哄而散地逃回原本的地方。但這些盜賊卻對這場混亂視若無睹，突然一個盜賊拉住牛韁，把車停在馬路中央後，其它人馬上以白亮亮的刀牆包圍牛車四周，步步朝小王爺逼近，其中有個像是首領的人粗魯地掀開布簾說：「就是這位王爺，沒錯吧？」他轉頭向夥伴們再三確認。他們的舉動看起來不像是要搶錢，小王爺即使是在驚慌中也不禁感到可疑。他不斷從扇子後方偷偷打量對方。此時有個聲音沙啞的盜賊說：

「沒錯！就是他！」他的語氣夾雜了憎恨。這聲音好像曾在什麼地方聽過，這更加深了小王爺的疑慮，他想今晚月光明亮，肯定能好好端詳其容貌，雖然對方的臉孔用布蒙住了，但他肯定就是那名長期服侍中御門公主的老僕人——平太夫。這一瞬間，就連我們小王爺也不禁感到毛骨悚然，因為他早有耳聞平太夫對崛川王府一家懷恨在心。

當平太夫確認了小王爺的身分後，盜賊們便持刀逼向小王爺的胸口，厲聲喝道：

「納命來！」

十四

但小王爺畢竟不是容易驚慌失措的人，他馬上恢復了勇氣，悠哉地玩弄手中的扇子，事不關己般悠悠說道：

「別急！別急！如果你們要我的命，依情況來講倒也不是不行。不過，我想知道你們為什麼想要我的命？」於是盜賊的頭目又將刀刃逼近他的胸前。

「說！中御門少納言大人是誰殺死的？」

「我不知道。但我可以保證，這件事絕對不是我做的。」

「一定是你！要不然就是你父親，反正你們都是一丘之貉。」

當帶頭的人這麼一說，其餘的蒙面盜賊也都異口同聲地說：

「對！一丘之貉。」其中，平太夫還咬牙切齒地，用看著畜生般的神情瞪著車內的小王爺，他拿起武士刀指向小王爺的臉，嘲笑地說道：

「你現在說什麼都來不及了，不如趁現在替自己禱告吧！」

但小王爺仍然面不改色，彷彿沒看見胸前的刀子般，又開口說：

「你們都是少納言的護衛嗎？」他這一問，盜賊們一時間也回答不出來。平太夫見狀就大聲地說：

「是呀！那又怎麼樣？」

「不怎麼樣。不過你們當中要是有人不是少納言的護衛，那他就是天底下最笨的人了。」

小王爺露出潔白的牙齒，抖著肩膀笑了出來。這些亡命之徒心裡稍微遲疑了一下，原先逼在小王爺胸前的刀刃，也自然地退往車外的明月下。

「為什麼呢？」小王爺繼續解釋著：「如果你們殺了我，一定會被檢非違使通緝，最後處以極刑。假使各位都是少納言的護衛，是依自己所願為忠義捨去性命的話，當然不在話下。但如果你們只是為了少許的錢財，就將刀鋒指向我的話，不就是為錢財而糟蹋寶貴性命的笨蛋嗎？世上有這種事嗎？」

聽到他這麼說，盜賊個個面面相覷，只有平太夫一個人抓狂似的怒吼：

「誰笨？誰最笨？你都死到臨頭了，你不覺得你才是最笨的人嗎？」

「什麼？你們才是大笨蛋呢！你們當中一定有人不是少納言的護衛吧！這下子可有趣了。那些不是護衛的人，我鄭重告訴你們，你們今天要取我的性命，無非是為了錢財。如果你們真的要錢，你們要多少我就給多少，不過你們要聽命於我。反正都是為錢賣命，何不選擇對自己比較有利的那方呢？」

小王爺露出優雅的笑容，用扇子輕敲自己的膝蓋，和車外的盜賊打起了商量。

十五

「你說看，說不定我們會照你說的去做。」

當盜賊們陷入沈默時，頭目戒慎恐懼地問道。小王爺很滿意地把玩著手中的扇子，語氣依舊輕鬆地說：

「很好！其實要麻煩你們的事也不難，站在那裡的老伯是少納言大人的家僕，平太夫吧？聽說他平時就對我懷恨在心，一有機會就想殺我，想必今天你們也是受他的指使才前來殺我的吧？」

「是的！」

三、四個盜賊隔著蒙面巾異口同聲地回答。

「所以我想請各位幫我拿下這個老伯，好剷除我長久以來的心頭大患，希望借助各位的力量把平太夫綁起來。」

聽了這番話，盜賊們甚感意外，呆站了好一會兒。圍住車的頭目和他們交換了眼色，一時間起了一點小騷動，但不久後又恢復了平靜。此時盜賊群中，突然有個如夜鳥般沙啞的聲音響起：

「你們這些見風轉舵的傢伙，竟被這乳臭未乾的小王爺的花言巧語拐走，刀都出鞘了光拿著不砍，還不知羞恥地陣前倒戈，實在太沒有江湖道義了！既然如此，我也不需要你們的幫助，不過就是取下小王爺的性命，我平太夫一個人就綽綽有餘！」

平太夫話一說完，立刻拿起武士刀準備向前砍，一眨眼的時間刀子就差點砍上小王爺了，之所以說「差點」，是因為盜賊頭目也在同一瞬間，馬上拔刀一丟從旁阻擋。其他盜賊看到這種情況，都紛紛將刀收入刀鞘內，如蝗蟲般從四面八方撲向平太夫。畢竟寡不敵眾，再加上平太夫年事已高，事態演變至此勝負已分。平太夫很快就被人用牛繩五花大綁，接著被拖到馬路中央。說起平太夫當時的模樣，簡直就像一隻掉入陷阱的老狐狸，齜牙裂嘴不甘願地喘息著。

目睹一切的小王爺一邊打著呵欠，一邊笑著說：

「哎呀！辛苦了！真是辛苦各位了！我總算是能放下心中的大石了。不過，麻煩你們幫到底，帶著平太夫，一路護衛我的座車到堀川王府領賞吧！」

聽到小王爺這麼說，事到如今盜賊們也不好拒絕。於是大家充當起僕役，拖著平太夫，追趕牛車，一行人浩浩蕩蕩地走在月光下。天下何其廣，但是能和盜賊並肩而行的人，恐怕只有小王爺一個人而已。不過這奇特的隊伍，在抵達王府之前，就碰上接到通報趕來迎接的我們，盜賊領取了獎賞後便悄悄地撤退了。

十六

話說小王爺將平太夫帶回王府之後，就命人將他綁在馬廄的柱子上，要僕人好好看牢他。到了隔天一早，小王爺馬上叫人將他帶到陰雲密布的院子裡來。

「我說平太夫呀！你想要替少納言大人報仇，實在不是明智之舉。但是話說回來這件事也太奇妙了，你竟特別選在月明之夜，請了幾位蒙面人來取我性命，實在是風雅。不過，美福門這地點……就有點差強人意了。可以的話，我比較想選在糺之森的老樹下。那邊呢，每到夏季的月夜，就能清楚聽見潺潺流水聲，也能欣賞滿地盛開的白花，更有情調。只是我這個要求對你來說，似乎太過分了。姑且念你所為頗具風雅，本王就將你無罪釋放吧！」

小王爺說完，一如往常地開朗笑著。

「不過呢，我有封信想要麻煩你帶回去給公主，行吧？我可是特別吩咐了喔！」

平太夫此時的神情相當奇特，我從沒見過這麼不可思議的表情——那看似狼狽且充滿煎熬的神情，哭笑不得地一直轉著眼珠子。他這副模樣雖然有些可笑，卻也令小王爺起了憐憫之心，他收起笑容，對拉繩子的僕人說：

「快將繩子解開，不要再為難平太夫了。」他命令著。

於是一整夜都彎著腰的平太夫，便帶著小王爺繫在橘花枝上的情書，從王府的後門爬也似的離去。不過，之後又有一人偷偷摸摸地走出後門，而那個人就是我的外甥。他擔心平太夫不遵守諾言，故意不將情書交給公主，所以沒徵得小王爺的同意就悄悄地跟蹤這老頭。

兩人相距了一公尺左右。平太夫心情似乎平復了許多，尚未放晴的天空下，空氣裡瀰漫著柿葉的香氣，他打著赤腳拖著有氣無力的腳步，無精打采地走在圍牆綿延的都大路上。似乎連擦身而過的賣菜女子，都覺得這個信差舉止奇特，不斷以可疑的眼光回頭打量他，但是這老頭依舊視而不見地自顧自往前走。

照這情形來看，應該不會出什麼差錯，外甥原本想直接返回王府了，但還是放心不下繼續跟蹤下去。正好走到油小路的道祖神廟前時，十字路上有一名陌生的沙門彎了進來，差一點就和平太夫撞個正著。那沙門手拿著女菩薩像的旗幟，身穿黑法衣戴著十字型的怪護符。我的外甥一看就認出來了，那個人就是傳言中的摩利信乃法師。

十七

差點撞到人的摩利信乃法師身手靈巧地閃了過去，但他不知為何突然佇足不前，兩眼直盯著平太夫。而平太夫卻沒注意到他的視線，只是往後退了兩、三步後，依舊無精打采地向前走。我外甥猜想，大概是連摩利信乃法師也對平太夫的異樣感到不解吧！最後，平太夫彎進了十字路，而背對著道祖神廟的沙門仍忘我地呆站在原地，儘管那名沙門被稱為天狗的化身，但他當時的眼神卻毫無凶煞之光，反到水汪汪地盪漾著慈祥的光芒。他站在枝葉和廟宇屋檐齊高的椎樹下，將女菩薩像的旗桿斜靠在肩上，凝望遠方目送著平太夫，那寂寞的身影，是我外甥的一生中，唯一一次在那名沙門的身上感受到了懷念之情。

但不久後他似乎被外甥的腳步聲嚇到，整個人從夢中驚醒般慌張地轉過身，突然高舉一隻手，邊比劃著九字真言的手印，口中一直反覆唸誦咒文，之後便匆忙離去了。在他唸誦的咒文中，隱約聽到「中御門」這個字眼。不過也有可能是我外甥聽錯了。而平太夫仍然肩挑著橘花枝葉，直視著前方向前走。我外甥就這樣一路跟蹤他到西洞院王府，但他十分在意摩利信乃法師那不可思議的舉動，甚至差點忘了小王爺的書信，心情久久無法平靜下來，為此頭痛不已。

情書似乎順利交到公主的手上了，這次難得地馬上就收到公主的回信。對於這種事，身為下人的我實在不便置評，不過誠如大家所知，公主個性豁達開朗，她或許是知道了平太夫想暗殺小王爺的事，才開始明白我們小王爺優雅寬宏的氣度吧！經過兩、三次的書信來往後，在一個細雨紛飛的夜晚，小王爺帶著我的外甥，悄悄地前往柳葉深深的西洞院王府會見公主。事已至此，那個平太夫總算是讓步了。當晚他雖然依舊眉頭深鎖，但沒有對我外甥惡言相向。

十八

從此之後，小王爺幾乎每晚都會到西洞院王府會見公主，有時也會帶我這種老頭一塊前往。正因如此，我才有機會親眼目睹公主傾國傾城的絕代丰姿。有一回，他們把我叫到面前，要我和他們說一些陳年舊事。還記得那晚，從竹簾的縫隙中，看見了璀燦的星光灑落在水面上，尚未凋謝的紫藤飄散著淡淡香氣，在這涼爽的夜裡有一、兩位侍女在旁服伺，他們倆靜靜酌飲的模樣，彷彿是從畫中走出來的人一般美，尤其是身穿白色單衣配上淺色袿衣的公主，相當清純美麗，簡直不輸給竹取公主。

略帶醉意的小王爺突然對公主說：

「就如同剛才老伯所說的一樣，這狹窄的洛中地區曾有幾度的物換星移，可見人世間的一切生死都是無常的，誰都無法留住短暫的時光。《無常經》裡不是也曾提到『未曾有一事，不被無常所吞』，恐怕我們的戀情也無法避開這個定數。所以我只重視事情的開始和結束。」他以開玩笑的口氣說著。但公主彆扭地避開了大殿油燈的光線說：

「哎！光說些過分的事，難不成打從一開始，你就打算拋棄人家？」她柔情款款地盯著小王爺，而小王爺的興致也愈來愈好，他一口飲下酒杯裡的酒。

「不是，打從一開始，我就做好被妳拋棄的覺悟了。這樣說比較貼近我的心境。」

「你老是欺負我！」

公主露出了甜美迷人的笑容，但接著又不安地將目光轉向簾外的夜色中。

「世間上的愛情，都是這麼短暫無常嗎？」公主自言自語地說。而小王爺一如往常地露出一口皓齒笑著說：

「不能否定，愛情的確很短暫。但它卻能讓人忘卻世事無常，人只有在戀愛的時候才能暫時品嚐到蓮華藏世界裡的妙藥。不對，應該說一旦墜入愛河後，甚至能忘卻戀愛的無常。因此，在我眼中，終日享受戀愛的業平[1]才是令人欽佩的。若我們想遠離塵世的苦惱回歸常寂光，就必須像《伊勢物語》那樣談場轟轟烈烈的戀愛才行。妳難道不這麼認為嗎？」小王爺轉頭望著公主的側臉說著。

1 在原業平（八二五年～八八〇年）是日本平安時代初期的貴族。傳說他「體貌閑麗，放縱不拘」是一代美男子。《伊勢物語》便是以他為故事主角。

十九

「這麼說來，戀愛還真是功德無量啊！」

接著小王爺有點不好意思地，將視線從垂著眼簾的公主轉移到我身上，陶然地說：

「老伯！你也這麼認為吧？雖然你已經過了談戀愛的年紀，但相信你對你鍾愛的酒一定也有相同的感慨吧？」

「哎，真是高見，後生可畏呀！」

當我搔著白髮慌張回答時，小王爺又開心地笑著說：

「哎呀，過獎過獎。老伯你雖然說後生可畏，但祈求往生彼岸的心情，和想憑藉暗夜燈火來忘卻世間無常的心境是相同的。因此，佛教與戀愛，兩者間雖有差異，但其實目的是一樣的！」

「此話不然，公主的美確實有如仙女下凡，但是戀愛歸戀愛，佛教歸佛教，更不能與我愛酒一事相提並論。」

「你會這麼想是因為你心胸太狹隘。依我看來，無論是彌陀還是女人，都是幫助我們忘卻悲傷的傀儡而已……。」

當小王爺說出這番話時，公主偷偷瞄了他一眼小聲地說：

「但是說女子是傀儡，不覺得很討厭嗎？」

「如果妳不喜歡傀儡這個形容詞，那麼我就換成活菩薩吧！」

小王爺順勢回答了公主後，似乎突然想起什麼過往，眼裡直盯著大殿上搖曳不定的燈影說：

「以前，我和菅原雅平無話不談，也常有類似的辯論。你也明白，雅平和我不同，他個性誠樸率真，信仰又虔誠。每當我笑說釋迦摩尼的經文和世俗的情歌並無二致時，他都會大發雷霆，說我是執著塵世、毫無信仰的人，總會被他臭罵一頓。他罵我的聲音至今猶在耳邊盤旋，如今他卻下落不明。」小王爺面色凝重地低語著。一時間，不僅是公主，就連我輩等人也被這股憂傷的情緒感染，大家都不再開口說話，寂靜的屋裡，只聞得到愈加濃郁的藤花香，在座的人都開始感到有點掃興。這時，有名侍女戰戰兢兢地開口說：

「那麼，洛中最近盛行的摩利教，也是個令人忘掉世間無常的新方法嗎？」當她說完後，另一名侍女又接著說：

「聽妳這麼一說，那個到處傳教的沙門似乎有很多奇怪的傳言呢！」她一副很害怕的模樣，並刻意撥弄了大殿的油燈燈蕊。

二十

「什麼是摩利教啊？還真是稀奇的教派！」

原本陷入沉思的小王爺，像是回過神般高舉著酒杯向侍女問道。

「既然稱為摩利教，那他們是不是祭祀摩利支天的教派呢？」

「不是的。如果他們是祭祀摩利支天那倒好，但他們教派的本尊卻是一位大家從未見過的女菩薩呢！」

「難道會是波斯匿王的宮妃，茉利夫人？」

於是，我便將前幾天在神泉苑外目睹摩利信乃法師作法的經過，一五一十地說給他們聽。

「從那女菩薩的姿態來看，那並不像茉利夫人，也不像我們以前見過的菩薩。她手中抱著一個光著身子的嬰兒，宛如吃人的母夜叉非常恐怖，可說是本朝有史以來最邪門的神佛。」我說完後，公主皺起她美麗的眉毛說：

「這麼說來，那位叫摩利信乃法師的男人，真的是天狗的化身囉？」她再三確認著。

「對呀！還有人說他是從燃著熊熊烈火的火山振翅飛出，真想不到，洛中地區連白天都會有妖魔鬼怪出沒。」

小王爺又發出爽朗的笑聲說：

「這也不是不可能的事。記得醍醐天皇在位時，五条附近的柿子樹梢上，有天狗化身為神佛的樣貌，連著七天不斷發出白毫光。另外，每天到佛眼寺誘惑仁照阿闍梨的女人，其實就是天狗的化身[1]。」

「哎呀！聽起來好可怕喔！」

公主和兩名侍女異口同聲地說著，怕得縮起了衣袖。而小王爺的酒意似乎更濃了，臉色顯得更加柔和，他又接著說：

「這世界本來就廣大無邊，光憑我們人類的智慧，是沒有一件事能說死的。說不定那個化身為沙門的天狗早已愛上公主，會在某個夜晚從天而降，伸出滿是爪子的魔掌想抓走公主。不過……。」他面不改色地說著，但公主已嚇得整個人倚靠在小王爺的身上，此時他伸出了手，溫柔地摸著公主的背，繼續說道：

「不過幸好那位摩利信乃法師，還未見過公主的國色天香，所以這段戀情是不可能開始的，因此公主妳大可放心。」小王爺就像哄小孩般，微微笑著安慰公主。

二十一

之後的那一個月，都平安無事地度過了。然而，在某個炎熱的夏日，加茂川的河水在烈陽的照射下顯得更加刺眼，河道上平常總有川流不息的船隻，在這天的炎炎赤日下，竟也有毫無船隻的空檔。一向喜愛釣魚的外甥來到五条橋下，往草堆裡就地而坐，慶幸這裡能吹到夏日的徐徐涼風，他往水位變低的加茂川裡拋下釣線，不斷釣起了鮠魚。接著橋上突然傳來熟悉的交談聲，他想也沒想地抬頭一看，卻看到平太夫正揮動手中的扇子，靠在欄杆上專注地和摩利信乃法師討論著某件事情。

外甥看到這個畫面，突然想起那天跟蹤平太夫時，摩利信乃法師在油小路上做出的奇異舉動。這麼說來，那個時候他們兩人之間似乎就有什麼淵源了……。一想到這裡，外甥

1 出自《今昔物語集》卷二十第三篇〈天狗現佛坐木末語〉及第六篇〈佛眼寺仁照阿闍梨房託天狗女來語〉。

雖然眼裡直盯著釣線，但他的耳朵卻開始專心地聽起橋上兩人的談話，聽著聽著，或許是因為路上幾乎沒什麼行人，他們才會在這酷熱且寂寥的午後卸下心防吧。而且他們也沒注意到在橋下垂釣的外甥，於是他們兩人便聊起了令人意想不到的驚人之事。

「摩利信乃法師，整個京都的人都沒想到您會來這裡宣傳摩利教。要不是有您的提醒，連我也差點忘了曾在哪裡見過您。仔細想了想，才終於記起來。不過，當初那個在春天的月夜裡唱著〈櫻人〉[1]的年輕人，和今日猶如天狗般在豔陽下裸上身到處行走的您，竟然會是同一個人！即使問打臥女巫[2]，她肯定也料不到！」

平太夫手搖著扇子，以輕鬆的口吻說道。而摩利信乃法師則以帝王般的口氣高傲地說：

「我也很高興能再度與你重逢。記得那天也曾在油小路的道祖神廟前遇到你，可惜當時你並沒有認出我來，只是無精打采地挑著綁有信件的橘花樹枝，步履蹣跚地朝宅邸的方向前進。」

「真的有這麼一回事嗎?年紀大了就是這麼不中用,請原諒我的失禮。」

平太夫似乎想起了那天早上所發生的事,十分抱歉地說了這句話後,又開始氣勢十足地搧起扇子說:

「不過,今日又能在此地重逢,全拜清水寺觀音菩薩的保佑。在我平太夫這一生中,沒有比這更快樂的事了。」

「不好意思,別在我面前提其他神佛的名字,因為我現在是天上皇帝派來日本宣揚摩利教的沙門。」

1 配合著雅樂〈地久樂〉唱的催馬樂曲名。

2 語出《今昔物語集》卷三十一第二十六篇〈巫女打臥御子〉。

二十二

摩利信乃法師皺著眉頭急忙插嘴說道。但平太夫卻不以為意地晃著手中的扇子又繼續說：

「原來如此呀！我平太夫年紀大了，做事常有疏忽，您既然都這麼說了，我保證絕對不會在您面前提起其他神佛的名字，更何況我這個老頭平時也不太信什麼神佛，剛才會突然脫口說出觀世音菩薩，全都是因為我們太久沒見面，一時太開心的緣故。要是公主知道她的兒時玩伴至今仍平安無事，不知會有多高興。」平時面對我們時，連應聲都顯得麻煩的平太夫，現在卻一反常態滔滔不絕地說個沒完。而那位摩利信乃法師似乎原本沒打算回話，只是在一旁猛點頭，直到平太夫提到公主時才像逮到機會般開口：

「說到公主，我有件事想私下悄悄見公主一面」他又壓低音量繼續說；

「平太夫，你可不可以幫我製造機會，讓我在晚上和公主見個面？」

此時，平太夫揮動扇子的聲音忽然停住了。同一時間，我外甥差點就要抬頭一探究竟，但這個貿然的舉動，可能會驚嚇到橋上的兩人，於是他依舊端坐在草叢中，看著河水流過，連氣都不敢喘一聲地留意著橋上的動靜。但此時平太夫一改方才健談的態度，遲遲不願開口說話。長時間的沉默令橋下的外甥感到全身發癢般難熬。

「雖然我住在河原，但也算是在京都境內。我知道堀川王府的小王爺，這陣子經常去拜訪公主……。」

摩利信乃法師又以一慣的聲調，像是自言自語般又接著說下去。

「我並不是因為愛慕公主才提出見面的要求。我對此類的慾念，在某次流浪到中國時，聽到一位紅髮碧眼的高僧傳述天上皇帝的御教後，就已經消失得無影無蹤。但我心痛的是，這玉潔冰清的公主不明白天上皇帝的旨意，而相信那些邪魔歪道，甚至還對那些沒有生命的木頭石塊獻花祭拜。最後當她生命終結時，一定會遭到地獄煉火的折磨。每當我一想起這件事，就彷彿見到公主被打入阿鼻地獄而痛苦掙扎的模樣。昨天夜裡我也……。」

沙門說一到半情緒愈加激昂，憤慨不已的他漸漸闔上了那滔滔不絕的嘴。

二十三

「昨天晚上發生了什麼事呢？」

沉默了一段時間後，平太夫著急地催促他快說。此時摩利信乃法師突然回過神般恢復了平靜的聲調，每說一段話就停頓一會兒地說道：

「其實也不是什麼大不了的事情。只是，昨晚我在我的破屋昏昏欲睡時，公主突然身穿柳樹花樣的五重衣出現在我夢中，朝我的方向緩緩走來。但奇怪的是，朦朧的煙霧中，她烏黑亮麗的秀髮上，插著一支發出奇異光芒的黃金頭釵。因為久別重逢，所以我欣喜萬分地開口說：『真高興能再見到妳！』但公主悲傷地垂著眼簾，一言不發地呆坐在我的面前。當我仔細一瞧，才發現公主紅色的裙襬下好像有什麼東西在蠕動，再看清楚時，居然連肩上、胸前，甚至連頭髮裡都有個東西在竊笑著……。」

「您這麼說我不太明白，到底是什麼東西在蠕動呢？」

此時的平太夫已不知不覺地被沙門的話語牽著走，從他問話的口氣中已不見先前的逞強氣勢。但摩利信乃法師仍語帶玄機地說：

「我其實也不清楚那到底是什麼東西，只覺得好像是數個嬰靈般的怪物，圍繞在公主的四周竄動。我一看到這情形，不禁在夢中放聲大哭，公主見我哭泣，也開始頻頻流淚。這個夢持續了好一段時間，直到破曉聽到雞啼，我才從惡夢中清醒。」

當摩利信乃法師敘述完自己的惡夢後，這次換平太夫陷入了沉默，並開始搧起了扇子。此時的外甥早已忘了上鉤的鮠魚，豎起耳朵聽著兩人的談話，當他聽到那段夢境時，橋下的涼風吹得他不寒而慄，彷彿自己也曾依稀見過公主那悲傷的神情般，他覺得十分不可思議。

過了一會兒，又從橋上傳來了摩利信乃法師的低沉嗓音：

「我認為那怪物肯定是妖魔的化身。天上皇帝一定是看到公主背負墜入地獄的惡業後心生憐憫，才託夢給我要我前去渡化公主。就是因為這樣，我才希望你能助我一臂之力，讓我見公主一面。你能不能接受我的請求呢？」

儘管法師再三要求，平太夫還是猶豫了老半天，最後才終於闔起扇子往欄杆上一敲，開口說道：

「好吧！想當初我在清水坂下被遊民砍傷時，多虧有您在千鈞一髮之際出手相救，我才能順利逃走。一想到您的大恩大德，我怎能拒絕您的請求呢！只是，公主是否會皈依摩利教，那就得依公主的意思了。您和公主這麼久沒見面，我想她應該願意接見您。總之，我一定會盡全力讓您和公主見面。」

二十四

當我從外甥口中得知這段密談的內容時，已是三、四天後的事了。平時熱鬧的王府，那天只有我們兩人，耀眼的陽光從梅樹的綠葉縫細中穿透而過，但陣陣吹撫而來的涼風，也捎來了秋意。

外甥說完了那天偷聽到的內容後，又壓低了聲音：

「那個自稱摩利信乃法師的男人，到底是怎麼認識公主的呢？真是不可思議。總之我覺得那個沙門想見公主的事，似乎會讓我們小王爺遭遇不測。但以小王爺的個性，就算我稟報此事，他也一定不會相信的。因此，我想盡一己之力，阻止沙門與公主見面，不知舅舅您意下如何？」

「我當然也不希望那個詭異的天狗法師和公主見面，但沒有小王爺的命令，我們根本無法去西洞院的王府擔任守衛。所以，你也只能去找那個沙門，請他不要接近公主……。」

「沒錯！就是這樣！我們不了解公主的想法，再加上有平太夫那傢伙從中作梗，所以我們也無法輕易阻止摩利信乃法師出入西洞院王府。但如果是在四条河原的小茅屋，事情就好辦了。他每晚都會回那裡睡覺，所以就看我們要採取什麼方法對付他了，或許能讓那個沙門再也無法出沒於京都。」

「話雖然這麼說，但我們也沒辦法時時刻刻守在小屋前。你說的話似乎還有什麼弦外之音，實在讓我這個老人家費解，你究竟打算怎麼對付摩利信乃法師呢？」

我覺得事有蹊蹺，於是反問了外甥，結果他像是怕隔牆有耳般，前後看了看這間籠罩在梅樹樹蔭下的房間，靠在我的耳邊說：

「要怎麼做呢？方法只有一個。就是趁深夜時，偷偷潛入他的小破屋，然後神不知鬼不覺地殺了他。」

外甥這番話著實讓我嚇了一大跳，害我一時之間說不出話來。果然是年輕人的作風，就是這麼衝動。

「怎麼？不過就是個乞丐法師！就算有兩、三個信徒幫著他，我還是有辦法對付他的。」

「這可是犯法的呀！更何況摩利信乃法師除了宣揚邪宗門[1]外，並沒有做出什麼傷天害理的事，你要是殺了他不就等於濫殺無辜嗎……？」

「不！要殺他的話，總是能胡謅出一些理由的。比起這個，如果那個沙門藉著天上皇帝之力去詛咒小王爺或公主，我們怎麼有臉收下小王爺賞賜的俸祿呢？」

外甥漲紅著臉一直和我爭辯。不管我怎麼勸阻他，他根本就聽不進去……。此時正好傳來開門的聲音，兩、三名武士走進了房裡，而我們的談話也就此打住了。

二十五

我記得是過了三、四天之後的事情。在一個繁星點點的夜裡，我和外甥在夜半偷偷摸摸地去了四条河原。當時的我並沒有打算要殺天狗法師，也不認為除掉他就是上上之策。但外甥一副勢在必行的模樣，我不放心讓他獨自前往，最後我這老頭子竟也像年輕人一樣，任河畔草叢的露水沾濕自己的衣裳，與外甥一同到摩利信乃法師的小屋一探究竟。

1 即邪教（此指摩利教），為呼應篇名，因此特以原文的漢字表示。

大家都知道那道河畔上，有好幾戶不堪入目的貧民屋，不過，那些居住於此的痲瘋病乞丐，現在應該都已經沉沉進入了我們難以想像的詭異夢鄉。我和外甥躡手躡腳地經過小屋時，除了草蓆牆後方傳來的陣陣鼾聲外，一切萬籟俱寂，唯有某處角落裡燒剩的碎藻火苗，升起白煙飄向無風的夜空中。只見那道白煙與璀璨的銀河連成一線，數以萬顆的星星彷彿一尺一寸地緩緩滑入京都的夜空中，耳邊幾乎能清楚聽見星星滑過的聲響。

在這片景色之中，我的外甥似乎早就做了記號，他站在草叢裡，指著一間濱臨加茂川的破房屋，轉過頭跟我說：「就是那間了。」我藉著那團燒剩的碎藻火光定睛一看，那間破屋比其他任何一間屋子都要來得小，竹柱及草蓆與其他草屋並無二致，但豎立在屋頂上的木製十字架即使到了深夜時分仍莊嚴地守在那裡。

「就是那間嗎？」

我沒有把握地問著。事實上，那時的我依舊還沒決定是否要殺了摩利信乃法師。然而，外甥似乎不會再回頭了，他狠狠地瞪著小屋說：

「對。」聽見他冷淡的回應後，我便會意到武士刀見血的時刻即將來臨，這難以言喻的心情不禁令我打了個寒顫。此時，外甥似乎已經做好一切準備，他緊緊握住武士刀看也不看我一眼，逕自朝河畔的方向大步邁進，神情活像隻發現獵物的蜘蛛，不出任何聲響小心翼翼地走到小屋旁。在微弱的火光中，他緊貼著牆窺探屋內的一舉一動。他那模樣宛如一隻巨大的蜘蛛，看了令我毛骨悚然。

二十六

不過，事情發展到這個地步，我當然也不能袖手旁觀了。於是我將水干的袖子往後一綁，跟在外甥的後頭悄悄走到小屋外，透過草蓆的細縫，一探屋內的動靜。

首先映入眼簾的就是那幅掛在旗竿上的女菩薩畫像。它被掛在另一頭的牆壁上，雖然看不清楚形狀，但是藉由屋外透入的火光，依稀可以看到它散發出的金色光輪，就像月蝕般綻放出璀璨的光芒。而睡在畫像前的，就是因白天四處奔走而累到不省人事的摩利信乃法師。同時也看見了某條像衣物的布半遮著他的身子，因為反射著火光，所以那究竟是傳說中的天狗翅膀，還是印度的火鼠裘[1]，就不得而知了……。

看到這一切情況，我們心照不宣地從兩旁包圍住破屋，悄悄拔出武士刀。然而，或許是因為我一開始就莫名地畏縮，這時手突然不聽使喚，不小心敲到刀鍔發出了尖銳的聲響。我甚至來不及感到訝異，原本還在破屋呼呼大睡的摩利信乃法師馬上就一躍而起。

「是誰？」他大聲一喊。這時我們已經陷入騎虎難下的困境，除了殺死他之外別無他法。當我們聽見喊叫後，隨即一前一後地亮出白晃晃的刀，猛然衝進小屋。只聽見一陣刀子互砍的鏗鏘聲、竹柱被折斷的聲音，以及草蓆牆被砍裂的聲音……在這些淒厲的聲響後，外甥突然往後跳了兩、三步。「我不會讓你逃走的！」外甥往前揮舞著武士刀，並痛苦地喊叫著。我被他的叫聲嚇得連忙往後跳，同時想藉著還在燃燒的碎藻火光，看清另一頭到底發生了什麼事，然而，該怎麼說才好呢……。這間幾乎被砍得殘破不堪的草屋前，可怕的摩利信乃法師肩上披著淺色袿衣，像猴子般蹲坐在地，他將十字架抵在額頭上，目不轉睛地注視著我們的一舉一動。這時我本想一刀將他刺死，但不知為何，包圍在他四周的黑暗卻愈加深沉，根本無法輕易靠近他。應該說那團漆黑之中，彷彿有一個看不見的漩渦，害我沒辦法瞄準目標。可能外甥也有同感，他不時發出喘息般的喊叫聲，但那狂舞的刀刃卻怎麼樣也只能在沙門的頭上轉呀轉，完全無法傷到他一根寒毛。

二十七

這時摩利信乃法師緩緩站起身來，左右晃動著十字架，以非常淒厲的聲音吼叫著：

「喂！你們好大的膽子，竟敢藐視天上皇帝的神威！我摩利信乃法師在你們凡夫俗子

1 為《竹取物語》的公主要求其中一位求婚者，拿來當作交換條件的東西。相傳火鼠的毛皮即使丟入火中也不會燒壞。

的眼中，或許只是個披著黑色法衣的沙門，但事實上，我可是被百萬名天降神兵保護著！如果不相信，你們可以揮動你們手上的刀刃，和守護我的天兵天將們較量一番。」他嘲笑似的怒罵我們。

我們當然不會被這些話給嚇唬住，聽見這些話後，我和外甥反而成了脫韁野馬，一左一右地朝沙門揮刀而下，然而刀子卻沒能順利地砍下去，因為就在刀刃落下之際，摩利信乃法師不斷在頭上揮舞著十字架，剎那間，十字架發出一道金黃色的光芒，如閃電般劃破天際，我們面前突然出現了可怕的幻影。那可怕的幻影，實在難以用言語形容。如果真要說出個所以然，只能說那是像麒麟又像馬的怪物，這情景奇妙得難以描述。當他一舉起十字架時，籠罩著河畔的漆黑彷彿在摩利信乃法師的身後突然炸裂飛散般，無以數計的火焰車、火焰馬、龍蛇等怪物，全從那深不可測的黑暗裂縫中急竄而出，隨著比驟雨還急促的火花，從我們的頭上落下，包圍著整個天空。其中，還有像是劍或旗幟般的物品，數以千計地閃著燦爛的光芒，並傳來了浪濤般的可怕巨響，這震耳欲聾的聲音，幾乎要帶動河床上的石頭般迴盪著。而沙門仍肩披淺色袿衣，手舉十字架，莊嚴無比地佇立於這片景象之前，那奇異的模樣，就好像天狗從地獄率領魔軍，要從河畔的中央一統天下般，氣勢磅礡……。

我倆被這不可思議的景象給嚇著了，甚至連手中的刀子都掉了，只能雙手抱緊頭，手無縛雞之力地趴在地上，此時上方傳來了摩利信乃法師破口大罵的聲音：

「如果想保住你們的性命，就快點向天上皇帝道歉！否則護法的百萬眾神會將你們碎屍萬段。」他的聲音如雷貫耳。說起當時的恐懼與震撼，至今回想起來仍餘悸猶存。最後我們再也承受不住，只能合起雙掌閉上眼，滿懷恐懼地唸著：「南無天上皇帝……。」

二十八

後來的事情，實在令人難以啟齒，因此我就盡量長話短說吧！在我們向天上皇帝求饒的同時，那可怕的幻象也逐漸消失了，但聽到這一陣刀刃廝殺聲的乞丐們都紛紛起身，從四面八方而來將我們包圍住。他們大都是摩利教的忠實信徒，眼見我們已經棄械投降，他們也就一副即使訴諸暴力都在所不惜的氣勢，不斷怒罵我們。而我們看起來就像掉入陷阱的狐狸，那些男男女女的信徒都露出憎恨的表情看著我們。有幾個染上痲瘋病的乞丐，臉上映著碎藻堆重新燃起的火光，伸長了脖子直瞪著我們，在團團包圍下幾乎已看不見夜空裡的星月，那可怕噁心的模樣，簡直讓人難以想像他們和我們身處於同一個世間。

但就在此時，摩利信乃法師開始安撫起咆哮的乞丐們，接著他露出詭異的笑容，走到我們面前，講述許多天上皇帝的威德。然而，這時最吸引我的，是沙門身上的美麗淺色袿衣。雖然市面上有很多這種款式的袿衣，但那也很有可能是中御門公主的衣物……。萬一那真的是公主的袿衣，自然就表示公主早已與他相見，甚至很有可能已經皈依摩利教了。一想到這裡，對方所說的一字一句我都完全聽不進耳裡，但要是被他發現自己在想些什麼，難說不會遭遇可怕的厄運。況且，從摩利信乃法師的言行來看，他似乎認定我們是因為氣不過他藐視神佛，才會前來行刺。幸好他不曉得我們是小王爺的隨從，於是我盡量不再去注視那件袿衣，安份地坐在河畔的細沙上，裝出專心聽他說道的模樣。

對方似乎見我們神情認真虔誠，在他宣揚完教義後，摩利信乃法師便和顏悅色地把十字架往我們的頭上一揮，然後說：

「你們的罪孽是出自於無知，如今已獲得天上皇帝的赦免，所以我就不再為難你們了。也許今夜暗殺我的『機緣』，可使你們皈依摩利教呢！因此，在那神聖的瞬間到來之前，你們可以先離去了。」他不計前嫌，非常溫柔地對我們說了這番話。而在場的乞丐仍一副想衝出來揍人的模樣，但是在沙門一聲令下，他們也只好讓出一條路方便我們離開。

我和外甥甚至沒來得及將刀收入刀鞘，就直接逃離了四条河原。我當時的心情不知該說高興、悲傷，還是懊惱，我沒辦法形容這複雜的情緒。或許是因為如此，我們走遠後，一回頭就看見痲瘋乞丐猶如螞蟻般圍聚在碎藻火光旁，吟唱奇怪的歌曲，當那歌聲幽幽地傳入耳裡時，我和外甥也只是避開彼此的目光，默默嘆著氣走回王府。

二十九

從那天起，我和外甥只要一有空就會聚在一塊，討論有關摩利信乃法師和公主的事。雖然我們竭力想讓天狗法師和公主保持距離，但只要一想到當時可怕的景象，就想不出什麼好點子。不過外甥仍不想就此罷休，血氣方剛的他一味地想貫徹當初的想法，他似乎還想學平太夫收買地痞，再去四条河原威脅摩利信乃法師。但後來又發生了一件奇異的事，使我們不得不臣服於摩利信乃法師的法力。

事情發生在秋風徐徐的時節，當時長尾和尚在嵯峨蓋了一座佛堂供奉阿彌陀佛。這間佛堂至今仍沒被燒毀，想必是因為他們也穩約知曉，這間佛堂蒐集了全國最上等的木材，並請來許多優秀的木匠監造，是不惜重本建造而成的，雖然規模稱不上雄偉，但是間極具莊嚴典雅的佛堂。

特別是佛堂落成的那天，整個京都的達官顯貴都攜家帶眷前來祝賀，前來參與盛會的侍女更是不計其數，可說是熱鬧至極。各輛座車停放在東西長廊，廊間高臺上掛有錦緞布簾，從布簾的縫隙中還能看見繡有荻、桔梗、黃花龍芽草等花紋的豔麗和服，這景象在陽光的照射下，令人有種置身於蓮花寶土的幻覺。被長廊圈圍住的池塘中，紅蓮與白蓮交互簇擁，身穿鑾繪裝束的童子悠悠地滑著一艘架有錦緞遮棚的龍舟，空氣中流淌著優美的樂聲。這景象是如此神聖高貴，讓人不由得濕了眼眶，深感欽佩。

尤其從正面欣賞佛堂時，能看見本尊如來和勢至觀音大士的神像，端坐於閃著珠貝光彩的矮柵欄之後，以紫磨黃金打造的尊嚴，和玉石頸飾若隱若現地展露於香火氤氳之間，更添神聖。在神佛與庭院間放置了一座經壇，耀眼奪目的寶蓋[1]下有講師的御座。在場參加典禮的數十位僧侶各披著或紅或青的法衣和袈裟，那風景真是美侖美奐。佛庭內充斥著誦經聲、搖鈴聲，芬芳的檀木沉香在這些聲響中，不斷地飄上晴朗的秋空中。

1 佛道或帝王儀仗時使用的傘蓋。

就在供奉大典來到最高潮時，不知道發生了什麼事，原本在門外圍觀的民眾突然發出一陣陣喧嘩，有如海面上掀起的漫天大浪般，開始了一陣推擠。

三十

目睹整個騷動的看督長馬上飛奔向前，舉起弓箭想平息不斷湧入的人潮。但當他在那群人潮中，發現一位氣質怪異的沙門時，竟立刻丟掉手上的弓箭，非但不加以阻攔，反而當場跪在地上，猶如迎接聖駕般恭敬地行了大禮。原先因外頭的騷動而喧嚷不停的皇室們也漸漸安靜了下來，此時低語著「摩利信乃法師、摩利信乃法師」的聲音此起彼落，就像風吹過蘆葦般簌簌不止。

摩利信乃法師一如往常地穿著那件黑色法衣，長髮散亂地披在肩上，十字架在胸前閃耀著金黃色的光芒，並打著赤腳踩在地上，光看就令人覺得寒冷。他身後仍舊是那個女菩薩的畫像旗幟，旗幟在秋天的陽光下威風凜凜地搖著，似乎是同行者在後頭拿著旗幟。

「請各位聽我說，我乃得天上皇帝的神敕，前來日本傳布摩利教的摩利信乃法師。」

沙門從容地向看督長回禮後，毫無畏懼地走進鋪滿沙石的庭院，嚴肅地向大家宣告。而聽完這番話的皇室們，再度喧嚷了起來。但不愧是檢非違使廳的官差，面對這起突發事件，雖是楞了一下，卻沒忘記自己的本分，馬上有兩、三位火長[1]拿起武器，大聲斥責著沙門的同時慢慢走向他，接著猛然從四方飛撲而上，想一舉拿下沙門。然而，摩利信乃法師只是投以憎恨的眼光，瞪著那些火長說：「如果你們想動手的話就動手吧！想抓我的話也不必客氣。不過你們很快就會遭到天譴。」當他以嘲笑的口氣說完這段話後，他胸前的十字架在日光的照射下，發出了眩目的光芒，就在同一時間，不知何故，火長們竟紛紛丟下手中的武器，猶如遭到天打雷劈般倒在沙門的腳邊。

1 隸屬於檢非違使廳，從衛門府的衛士中選拔而出，之後會再從中選出看督長、案主。

「如何？今天大家都親眼見識到天上皇帝的威德了吧！」

摩利信乃法師取下掛在胸前的十字架，相當神氣地拿著它朝東西廊交替展示。

「像這類的顯靈，其實不足為奇，天上皇帝本來就是創造宇宙萬物的唯一真神，因為你們不認識這位偉大的神明，所以才會這麼虔誠地供奉阿彌陀佛、如來佛祖之類的妖魔怪道。」

那些原本停下誦經，茫然望著一切的僧侶，想必是對這番狂妄的言論忍無可忍了。他們紛紛火冒三丈地叫罵道：「打死他！」、「把他抓起來！」但是卻沒有人敢起身去教訓摩利信乃法師。

三十一

於是，摩利信乃法師高傲地環視眾僧，激動地放聲疾呼：

「中國古代有一位聖人曾經說過『知錯能改，善莫大焉』，一旦明白佛菩薩乃是妖魔鬼怪後，就應該立刻皈依摩利教，和我一同歌頌天上皇帝的威德。如果有人對我摩利信乃法師所說的話心存懷疑，無法分辨究竟佛菩薩是妖魔，還是天上皇帝是邪神，那麼我們可以一較法力的高下，看看誰才是真神。」

由於剛才大家都親眼目睹檢非違使的官差們突然倒地的情形，因此簾裡簾外都是一片靜默，沒人敢出來和他一較高下。結果，別說是長尾僧都，就連當天特地從比叡山趕來的座主以及仁和寺的僧正，似乎都被這位猶如神靈在世的摩利信乃法師給嚇破了膽。只見佛堂的祭祀儀式中斷了，也沒聽見龍舟上傳來的音樂，天地間，安靜得彷彿能聽見陽光灑落在人造蓮花上的聲音。

這下子沙門更得意了，他再度舉起十字架，露出天狗般嘲弄的笑容，趾高氣昂地說道：

「這實在是可笑極了！南至奈良興福寺、北到比叡山延曆寺，在座聚集了這麼多高僧，竟沒有一個人敢出來和我摩利信乃法師較量。看來你們已經準備好要開始信奉天上皇帝，臣服於諸天童子的神光之下，不分貴賤老幼，眾人都想皈依摩利教了！那麼，我就在此地，先從特地下山的座主開始，一一替在座的各位舉行灌頂儀式吧！」

話聲未落，一位可敬的僧侶從容地從西廊緩緩走了過來。他身披金縷袈裟，手持水晶念珠，額上還有一雙雪白的眉毛——一看就知道他是功德無量，名滿天下的橫川僧都。僧都雖年事已高，但他依舊移動著他那圓潤的身軀，緩緩走到摩利信乃法師面前。

「你好卑鄙！今天這佛堂的供奉院中，聚集了來自各地的法界高僧，但投鼠忌器，誰想和你一較高下啊？你應該要知恥，速速離開這座寶堂才是。沒料到你竟然還想比法力，這可說是近日來最令人費解的奇事。看來你這沙門是在某處習得了邪教的金剛邪禪之法吧！那麼，就由老衲來和你比劃較量吧！一來，我要讓你領教我們佛教三寶的神威，二來就是要解救被你的魔道迷惑，即將墜入人間煉獄的眾生們。你的法術雖然可以驅神弄鬼，卻傷不了我這個有護法加持的老和尚。當你見識到佛法神力之時，就是你受戒的時候了！」

他像頭獅子般狂吼，立刻屈指禪結手印。

三十二

接著，一道白氣從那隻結印的手中冉冉而升，並在僧都的頭頂正上方形成一團如寶蓋般的雲靄。說它像雲靄，也不足以形容那雲氣流動的奇妙模樣。如果是雲靄的話，應該會朦朧得看不清對面的佛堂屋頂才對。但那團雲氣只是無形地盤據於空中，晴朗的藍天，透過這團雲氣顯得更加清澈透明。

聚集在庭院中的群眾們，都被這不可思議的景象給嚇呆了。不知從何處，響起了一道宛如狂風的喧鬧聲，聲音大得幾乎要吹動幕簾，在巨響停止前，橫川僧都重新結了印，緩緩動起他那肥肥的下巴，念誦著神祕的咒語。剎那間，在雲氣之中，朦朦朧朧地出現兩尊威武的金甲神，祂們勇猛地揮舞手中的金剛杵，如幻影般出現在大家面前。雖然這個景象宛如幻影般若隱若現，但金甲神在空中飛舞大顯神威的模樣，肯定給了摩利信乃法師一記當頭棒喝！

不過摩利信乃法師，仍不改他傲慢的態度，就只是盯著金甲神的動靜，眉頭一動也沒動。他的從容何止如此，那緊閉的雙唇彷彿在強忍笑意般，勾起了一抹淺淺的冷笑。橫川僧都似乎看不慣對方高傲的模樣，於是趕緊解除封印，揮動手中的水晶念珠，「叱！」地大喝一聲。

金甲神應聲乘著雲彩從天而降，而就在此時，摩利信乃法師也馬上將十字架舉在額頭上，發出了尖銳的叫聲。瞬間，天空出現了一道彩虹般的光芒，金甲神立刻消失得無影無蹤，僧都的水晶念珠也跟著斷成兩截，念珠更是如冰雹般朝四面八方飛散開來。

「我已經看破你的本事了。看來，修得金剛邪禪之法的人，是你才對呢！」

獲得勝利的沙門，大聲地喊叫著，想藉此壓過喧嚷的人聲。被叫囂聲包圍的橫川僧都，神情該有多沮喪，自然不用我再多加描述了。要是站在一旁的弟子沒上前攙扶，他恐怕連走回座位的力氣都沒有。此時，摩利信乃法師的態度更加囂張跋扈了，他環視八方，神氣地說道：

「聽說橫川僧都是全天下最德高望重的法師，可依我之見，也只不過是個違背天上皇帝諭旨，甘願受邪魔歪道驅使的火宅僧[1]罷了。我剛才已經向大家說過，佛菩薩是妖魔鬼怪，而信奉佛教是會令人墜入地獄的業因，難道我有說錯嗎？算了，若有人想皈依我摩利教，無論是僧侶或凡夫俗子通通都行，不管在場有幾個人，我都能讓各位感受天上皇帝的威德。」

這時，東廊傳出了一個聲音：

「好哇！」他淡淡地回應著沙門的話。而這位身著正裝，神情自若地走進中庭的人，正是我們堀川王府的小王爺。

（未完）

1 小有娶妻的和尚。生活在紅塵世俗墮落的和尚。

俊寬。

當我想到散布在這廣大世界中的倖寬們，
都認為只有自己一個人遭受流放而傷心難過時，
我就算在哭，也會忍不住笑出來。

俊寬曾說過……只能仰賴神明了。僅在我等一念之間。……唯有虔心學佛，才能置生死於度外。

《源平盛衰記》

（俊寬）思慮日益加深，思念之情源源不絕。「一物願君賞，友若思念我，遙望岸邊茅草庵。」

（出處同上）

一

要說俊寬大人的故事嗎？我想，這世上再也沒有第二個人會像俊寬大人一樣被誤傳這麼多故事了。不！不單單是俊寬大人，就連我——有王自己本身也是謠言滿天飛。事實上，前幾天聽了一位琵琶法師[1]的戲曲時，他就提到俊寬大人因為悲傷過度，一頭撞上岩石後發狂而死，而我則揹著他的屍體投海自盡。此外，另外一位琵琶法師還說俊寬大人在某座小島上，和當地女子結婚生了許多小孩，生活過得比在京都時還幸福快樂。他說得煞有介事，彷彿事實真是如此般。前一位琵琶法師所說的話，一點根據都沒有，完全是憑空捏造出來的。因為，我——有王現在不是還活得好好的嗎？而後一位琵琶法師說的，更是胡說八道。

大致上，每個琵琶法師都在睜眼說瞎話。不過他們高明的說謊技術，連我也不得不讚賞。當我聽到他們說俊寬大人和他的孩子們，在竹葉小屋裡嬉戲玩耍時，我的臉上就不由得浮現一絲笑容。而聽到俊寬大人在浪濤怒吼的月夜裡發狂而死的時候，眼淚則不爭氣地奪眶而出。雖說這只是虛構的謠言，但琵琶法師娓娓道出的這些謊言，想必會像琥珀裡的蟲子般，世世代代流傳下來。你說正因如此，要是不趁現在真實道出俊寬大人的事跡，恐

1 所述是指，倉田百三於一九一八年發表的戲曲《俊寬》；而下文中的「另一位琵琶法師」，則是取菊池寬於一九二一年所發表的《俊寬》一文內容。

怕琵琶法師們的謊言，終有一天會被當真？的確，所言甚是。那麼，趁著漫漫長夜，就讓我來訴說，我前往遙遠的鬼界島[1]找尋俊寬大人時的情形吧！只是我沒辦法像琵琶法師那樣說得精采生動。不過，可取之處是我將說的事蹟，都是有王我親身經歷，是不加任何修飾的真人真事。大家或許會覺得有些無聊，但還是姑且聽聽吧！

二

我是在治承三年的五月底抵達鬼界島，那是個烏雲密布的午後。關於這點琵琶法師也曾經提到過。當天大約傍晚的時候，我總算在海邊遇到俊寬大人。而且還是個人煙稀少的海邊——只有灰白色的浪花在沙灘上來來去去，令人感到有些孤寂。

俊寬大人那時的模樣——沒錯，雖然世上相傳「若要說其貌如孩童，但已邁入老年，因此不符孩童之相。以為他是位法師，但頂上卻有數根白髮。滿身塵埃與藻屑，卻不揮手拍掉。頸項纖細，肚子臃腫，皮膚黝黑，四肢如柴。似人非人[2]。」但是，這些大多都是捏造的。尤其是頸項纖細，肚子臃腫的部分，恐怕是從〈地獄變〉的畫作中想像出來的。也就是說，因為俊寬大人身處「鬼界島」，所以才會以「餓鬼」之姿來形容他。當時俊寬大人的頭髮的確很長，膚色也曬得黝黑。但除此之外，其他都和以前一樣……。不！也不能說完全都沒有變化。他比以前還要壯碩，看起來更加可靠了。他獨自走在浪花拍打的岸邊，任靜謐的海風吹動法衣的下襬——仔細一瞧，他手裡拿著……對了，是用竹枝串起來的小魚。

「僧都大人！很開心看到您平安無事的樣子。是我，有王啊！」

我情不自禁地跑向前，高興地喚著他。

「啊！有王呀！」

1 位於九州南部的島嶼。

2 出自於《源平盛衰記》奴卷第十〈有王渡硫磺島之事〉其中的一小節。

俊寬大人訝異地看著我。我那時太過開心，就抱著主人的膝亢奮地哭了起來。

「有王！你竟然來了！我還以為這輩子再也不可能見到你了。」

俊寬大人有一段時間也含著眼淚，久久不能言語。但最後他終於將我抱起，像哄小孩般安慰我說：

「別哭！別哭！至少我們今天能夠再度重逢，多虧菩薩的保佑。」

「好！我不哭了！您……您現在住在這附近嗎？」

「我的住處？就在那個山腳下。」

俊寬大人抬起放下魚串的手，指著眼前不遠的一座磯山。

「雖然說是住所，但不是檜木屋頂喔！」

「是的！這點我明白，畢竟這裡是偏遠的離島……。」

我一說到這裡，不禁又悲從中來，哽咽地說不出話。不過，主人卻不改以往親切的笑容看著我說：

「不過住起來挺舒適的，不會讓你不好睡，要不要一起過來瞧瞧？」他爽快地引領著我。

不久後，我們從充斥著浪濤聲的海邊，來到一座寂靜的漁村。淡白色的道路上左右兩旁都種著榕樹，從樹梢垂下的細枝上綴滿厚而發亮的葉片——在這些樹木之間，並排著竹葉搭蓋的屋子，這些就是當地土人的房舍。當我在那些房舍中，看見爐灶上赤紅的火苗，以及罕見的人煙時，就產生一股來到村落的懷念之情。

主人不時回頭向我解說「這家是琉球人」、「那個籠子裡養著豬」等等的事。不過，最讓我開心的就是，連不戴烏帽子的土人，無論男女只要一看到俊寬大人，都會低頭向他行禮。甚至連在家門前追趕雞的小女孩也對他行禮鞠躬。在我感到高興的同時，相對也感到很不可思議。於是，我悄悄問了主人，這是怎麼一回事？

「我曾聽成經大人和康賴大人說過，這島上的土人簡直就像鬼一樣，不懂得人情世故……。」

「的確，對身在京都的人而言，會這麼想也是一定的。不過，雖然我們是被流放的罪犯，但也都是從京都來的人。不管是什麼時代，邊疆的居民只要見到京都人都會低頭行禮。我想業平和實方[1]這兩位朝臣的狀況，應該也都大同小異吧！他們這兩位京都人，雖然被流放到東國與陸奧那種偏遠地區，但他們或許也和我一樣，意外地度過了愉快的旅程。」

「但是聽說實方等朝臣，就連去世後也還是一心牽掛著京都，而化身為清涼殿裡的麻雀，不是嗎？」

「散播那種流言的人，跟你一樣是京都人。而京都人一提到鬼界島的土人，就認定他們是鬼。由此推測，這個流言想必也是假的。」

這時候又有一位女人向主人低頭鞠躬。她正好待在榕樹的樹蔭下，懷裡抱著嬰兒，樹葉遮擋了她身後的景色，那身穿紅色單衣的身影，在夕陽下顯得特別突出。主人也溫柔地向她回禮。接著小聲地對我說：

「她是少將的夫人。」

我被他的話嚇了一大跳。

「少將的夫人……那麼，成經大人和那個女人結為夫妻了嗎？」

俊寬大人對我淺淺一笑後點了點頭。

「她手上抱的小孩，就是少將的後代。」

「原來如此，難怪，總覺得她這張美麗的臉孔，和這蠻荒之地很不相稱。」

「什麼？美麗的臉孔？什麼樣才算是美麗的臉孔呢？」

「嗯……我認為應該是有雙細長的眼睛、豐腴的臉頰、鼻子不要太高、氣質要端莊……。」

「這不也是京都人的喜好嗎？這島上的女子個個濃眉大眼，雙頰消瘦，鼻子高挺，臉孔充滿朝氣。所以在這座島上，不會有人認為剛才的女人是美女。」

我忍不住笑了出來。

1 此指在原業平（八二五年～八八〇年）與藤原實方（不詳～九九九年）。

「果真是可悲的土人，連美醜都分辨不出來。這些土人若在京都看到那些貴婦人，豈不就會笑她們是醜女？」

「話不能這麼說，島上的土人並不是不懂得審美觀念。只是個人的喜好不同罷了。不過，喜好這種東西也並非永遠一成不變。證據就在於寺廟裡的佛像。你可以發現三界六道的教主、十方一切最勝尊、光明無量、三學無礙、引導億億眾生的能化、南無大慈大悲釋迦牟尼如來的三十二相八十種美姿，也都因時代變遷而有所變化。如果連神佛都如此，那麼美人的標準，也應該會隨著時代而有所變化。即便是在京都，或許在五百年甚至一千年後，當喜好的基準改變之時，別說這島上女人的容貌了，可能還會盛行像南蠻北狄的女子那種可怕的臉蛋呢！」

「這不太可能吧！無論什麼時候，我們都應該保存固有的國風，不是嗎？」

「就算是固有的國風，也會隨著時代和地點而有所變化。譬如說，現代貴婦人的臉孔，和中國唐廟的佛像幾乎如出一轍，這不就證明了京都人對容貌的喜好，深受唐朝文化的影響嗎？說不定多年後，大家會開始沉迷於碧眼胡女的臉孔呢！」

我不禁發出會心的一笑。因為主人以前也是這樣，總會不厭其煩地開導我們。「真是一點都沒變呢！不論是外表還是內在，都跟從前一樣。」——我心想。突然覺得耳邊似乎傳來了遠在京都的悠揚鐘聲。然而主人此時已緩緩走向榕樹下，接著跟我說了一件事。

「有王，你知道自從我到了這座小島後，什麼事情最讓我高興嗎？那就是從此再也不用被我那愛嘮叨的夫人碎念了。」

三

那天晚上，我在燭光下和主人共進了晚餐。我原本惶恐地不敢和主人同桌吃飯，但主人執意要我一起用餐，而且這陣子供他使喚的兔唇小童也在同桌伺候，所以我才有幸和他一同進餐。

屋子四周被竹製的簷廊包圍，結構看起來就像僧庵。垂掛在簷廊前的簾子外，有座種了竹叢的庭院，但點燃山茶油所產生的光線也照不到竹叢那邊。房裡不僅有皮箱，還有佛龕和桌子——這個皮箱，是他離開京都時帶來的。佛龕和桌子雖然粗糙，但都是島上的土人做的，據說是琉球紅木的工藝。佛龕上供奉著一卷經文，以及一尊閃著燦爛金光的阿彌陀如來像。我記得他好像說過，那是康賴大人回京都時留下的物品。

俊寬大人自在地坐在坐墊上，請我吃了許多料理。因為是在離島，所以總覺得這裡的醋呀、醬油的味道都不如京都好。但是這些料理卻非常的稀奇，像是湯、生魚片、燉肉、水果——這些料理，沒有一樣是我叫得出名字的。主人看到我拿著筷子一動也不動地發楞，便開心地笑著勸我快嚐嚐。

「湯的味道如何？好不好？這可是島上的名產喔！是由臭梧桐煮出來的。再嚐嚐這盤魚，這也是本地的特產，永良部鰻。那盤白地鳥……對對對！就是那盤烤肉，你在京都沒有見過吧！白地鳥的背部是藍色的，腹部是白的，外型和鸛有點類似。聽本地的土人說，吃了這種肉可以驅除身上的濕氣。這個芋頭的味道也不錯喔！這叫……啊！這叫琉球芋。

梶王將它代替米食，每天都吃呢！」

喔！梶王就是我剛才提到的那位兔唇小童。

「別客氣，想吃什麼就夾來吃吧！有人以為光喝粥就能脫去生死之苦，但那是沙門常有的錯誤想法。釋迦牟尼在得道成佛時，不是也喝了牧童女難陀婆羅所提供的乳糜嗎？如果他就這樣餓著肚子，坐在畢波羅樹下修行的話，第六天魔王波旬也許就不會派遣三個魔女到祂身邊，而會降下六牙象王的味噌漬物、天龍八部的酒糟漬物等天竺的山珍海味！所謂飽暖思淫欲，是我們凡人的惡習，因此波旬才會把三個魔女送到喝過乳糜的釋迦牟尼面前。這魔頭的確是令人刮目相看的才子，但祂也有思慮不周的地方，祂忘了提供乳糜的是位女子。牧童女難陀婆羅提供乳糜給釋迦牟尼，這是讓釋迦牟尼進入無上知道的關鍵！比雪山六年的苦行更為重要阿！『取彼乳糜，如意飽食，悉皆淨盡』[1]——在佛本行經第七卷中，這麼經典可貴的段落並不多見——『爾時菩薩食糜已訖，從坐而起。安庠漸漸向菩

1 完整文章為：取彼善生村主之女所獻乳糜，如意飽食，悉皆淨盡。

提樹』讀到『安庠漸漸向菩提樹』這句話時，眼前彷彿浮現出見過了女子，飽食了乳糜的釋迦牟尼，那莊嚴微妙的神態簡直歷歷在目呢！」

俊寬大人開心地吃完晚餐後，將坐墊移到涼快的竹製簷廊上。

「既然都吃飽了，和我說說最近京都發生的事吧！」他催我快點開口。

我不禁垂下了眼簾。我本來就打算和主人稟報近況的，但當真的要開口的時候，心裡又產生了一股怯意。然而，主人卻沒想太多地拿著芭蕉扇，再次催促我：

「怎麼樣？我的夫人是不是一樣喜歡嘮嘮叨叨呢？」

我不由得低下頭，將這段時間發生的大大小小的事情，一五一十地稟報。主人被追捕後，家中的侍衛也一一逃走了；京極的府第和鹿谷的山莊，也都被平家的武士奪走了；夫人早在去年冬天去世了，少主也因為染上嚴重的疱瘡去世了，目前家中只剩下公主一人，而她目前寄居在奈良的伯母家中忍辱偷生。在告訴主人這些事情的同時，我的眼眶也不自覺地濕了，眼前的燭光愈來愈模糊了。屋簷的竹簾，佛龕上的佛像……這些東西，也逐漸模糊不清。話說到一半，我終於忍不住哭倒在地。主人始終默默地聽我報告一切，只是當他聽見有關公主的事情時，他似乎相當擔心，把法衣裡的膝蓋向前挪了挪，著急地說：

「公主現在情況如何？她和伯母相處得融洽嗎？」

「是的，我看她們的感情很好。」

我一邊流淚，一邊將公主託我帶來的信交給俊寬大人。我曾聽說凡是要搭船到這座島上的人，都會在門司或赤間關[1]嚴加檢查，所以我把信藏在髮髻裡，偷偷將它帶了出來。主人立刻對著燈臺的光線，拆信而讀，讀到某些地方時還小聲地將它唸了出來。

「……世間險惡，心情無法開朗。……要是我們三人也能被流放在同一座島，……為什麼只放您一人呢？……京都的草都已枯萎，……當時，來到奈良伯母這裡。……雖然不是什麼要緊事，但請您猜猜看，我目前住在什麼樣的地方呢？……這三年來，您怎麼忍心不給我們一點消息呢？……請您快回京都吧！深深思念著您。……不勝惶恐。……[2]」

1 門司為福岡縣北九州的地名；赤間關為日山口縣下關市的舊稱。

2 引用了《源平盛衰記》留卷第十一〈有王俊寬問答事〉其中的一小節。

俊寬大人將信放下，兩手交叉抱在胸前，長長嘆了一口氣。

「公主今年也有十二歲了吧？……雖然我對京中的事情不再留戀，但我真想再見她一面。」

我思忖著俊寬大人的心情，只能在一旁不斷拭淚。

「不過想見也見不到……有王，別哭了。算了！想哭的話就盡情地哭吧！但在這紅塵俗世裡，令人悲傷的事太多了，一遇到傷心事就放聲哭，那是怎麼哭也哭不完的！」

主人慢慢將背倚靠在身後的黑柱子上，露出寂寞的微笑。

「我的夫人、兒子都去世了。甚至或許再也見不到我唯一的女兒。京極的府第和鹿谷的山莊也都不再屬於我的了。我只能孤伶伶地在這座島上等老等死……。這就是我現在的寫照啊！不過這世上受苦受難的人，並不只有我一個。如果認為只有自己在苦海中受難，那就是起了連佛門子弟都不該有的增上慢[1]了。所謂『增長驕慢，尚非世俗白衣所宜』，誇稱自己遭遇無數苦難的心理，恐怕也是一種業障吧？只要消除這種想法，就會發現即使在遙遠的邊疆，和我一樣受苦的人說不定比恆河的沙還多。不！出生於人世間的眾生，就算沒被流放到外島，也都跟我一樣為自己的孤獨而嘆息。村上天皇七世孫、二品中務親王、六代的後裔、仁和寺法印寬雅之子、京極的源大納言雅俊卿之孫，這一連串所指的，都只是我俊寬一個人罷了。但普天之下，還有一千個俊寬、一萬個俊寬、十萬個俊寬、百億個俊寬遭受流放的命運……。」

俊寬大人說著說著，眼中突然閃過一抹開朗的神情。

「如果有一位盲人徬徨地站在一条二条大街的十字路口，世人看到這個情形可能會覺得他很可憐。但假設這廣闊的京都裡外，眼界所及全都是盲人的話……有王，你作何感想？如果是我，我可會先笑出來。這個情況就和我被流放到離島相同。當我想到散布在這廣大世界中的俊寬們，都認為只有自己一個人遭受流放而傷心難過時，我就算在哭，也會忍不

1 對修行和教義尚未有所悟，卻起高傲自大之心。

住笑出來。有王，既然明白了三界一心[1]，那就趕緊學會笑吧！為了學會如何去笑，必須先捨去增上慢。釋迦牟尼當初不就是為了教眾生笑才來到人間的嗎？就連在大般涅槃時，摩訶迦葉不是也笑了嗎？」

言談間，我雙頰上的淚水也不知不覺地乾了。主人透過簾子，望著遠處的星空，雲淡風輕地說著：

「你回到京都後，記得告訴公主，與其傷心難過，不如放開胸襟學會如何去笑。」

「我不想回京都了。」

我的眼中再度浮出淚水。而這次湧出的淚水是源自於恨，我恨主人竟說出那種話。

「我想和在京都時一樣在您的身旁伺候您。我丟下了年邁的母親，也沒向兄弟姊妹說明一切，一個人千里迢迢來到如此遙遠的地方，不就是為了要留下來照顧您嗎？難道您認為我是膽小惜命之人嗎？我看起來像是忘恩負義的畜生嗎？我真的有那麼……」

「我並沒有把你想得那麼糟！」

主人和以往一樣，露出了溫柔的微笑。

「如果你留在這裡，以後還有誰能向我報告公主的消息呢？在這裡，即使只有我一個人也沒什麼不方便的，更何況我還有梶王啊……你該不會是在嫉妒梶王吧？他是個無依無靠的孤兒，猶如被流放的小小俊寬。一旦有船班你就立刻回京都吧！不過，今晚我要說些我在島上生活的點點滴滴，好讓你回去說給公主聽，就當作是給公主的土產！你怎麼又哭了啊！好吧！好吧！你就一面哭一面聽我說吧！我自個兒一邊笑，一邊繼續往下說吧！」

俊寬大人悠哉地搖著手中的芭蕉扇，開始說起他在島上的生活。垂掛在屋簷下的簾子上，傳來小蟲爬動的聲音，不知牠們是不是為了尋求燈光而來？我低著頭靜靜地聽他說。

四

「我自治承元年七月被流放到這座島上。我從不曾和成親大人一起謀反叛亂，卻在被

1 三界即欲界、色界、無色界，三界中一切諸法皆由一心所變現。

關到西八条後，突然又被流放到這座島上。剛到這裡時我非常憤慨，甚至連飯都不想吃！」

「可是，流傳在京都裡的那些謠言……。」

我插了嘴說道：

「大家都說，僧都大人您也是主謀者之一。」

「大家會這麼認為我並不意外。因為連成親大人也把我列入主謀者之一……但我真的不是主謀者。該由淨海入道[1]治天下好，還是成親大人治天下好？我連這點也都毫無頭緒。但成親大人沒有淨海入道正直，或許比較不適合治理天下。我只說過『平家的天下，不如沒有的好』、『不管是源平藤橘[2]哪一氏來治理天下，終究，都不如沒有的好』，你看看這島上的土人，無論在平家時代還是源氏時代，都依舊吃著芋頭，照樣結婚生子。天底下做官的人，總以為如果沒官吏的話國家就會滅亡。其實那只是官吏們的一廂情願罷了！」

「但是，如果一統天下的是僧都大人您的話，那就天下太平了呀！」

我在俊寬大人的眼裡，看見了自己的笑容，大人也微微一笑了。

「由我？那或許就跟成親大人來治理天下一般，會比平家統治得還糟糕。為什麼呢？因為我俊寬呢，比淨海入道還要懂事明理，但一個懂事明理的人怎麼可能會熱衷於政治呢？不明是非善惡，只會做些天馬行空的幻想——而這也就是高平太[3]的優點呢！像小松內府那樣聰明伶俐的人，要他來治理天下的話，也不會比淨海入道來得好。聽說內府一直都體弱多病，為了平家一門好，還不如早點死掉算了。而且，我並沒有遠離食、色二性，這一點和淨海入道很相似。像我這種凡夫俗子來治理天下，只會苦了天下眾生。人界若想成為淨土，大概只有寄望神佛來治理天下了。我一直都是這麼想的，我絲毫沒有想統領天下的野心。」

「可是那時候，您不是幾乎每晚都會去中御門高倉大納言的宅邸嗎？」

1 即平清盛。

2 即源氏、平氏、藤原氏及橘氏。

3 平清盛的蔑稱，指穿著高木屐的平家太郎（長男）。

我像責備俊寬大人行事不謹慎般，直盯著他的臉。因為主人當時似乎沒注意到夫人的擔憂，很少回京極的府第就寢。但主人仍若無其事地搖著他的芭蕉扇。

「這就是凡人膚淺的所在之處。當時，那裡有位名叫鶴前的女官。也不知她是什麼妖魔鬼怪變身的，總纏著我不放。我這一生的不幸，全拜那女人所賜。不僅害我挨了夫人的巴掌，還失了鹿谷的山莊，最後甚至被流放到離島……。不過，有王你該替我感到高興。因為我只是迷戀鶴前而已，並沒有成為帶頭造反叛亂的人。像我這樣沉迷於女色的例子，古往今來的聖人中應該不計其數。阿難尊者曾被施展大幻法術，遭摩登伽女迷惑；而龍樹菩薩在出家前，也曾為了侵犯宮中的美人而修習隱身術。然而，不論是天竺、中國或是本朝，都不曾聽過有成為叛亂者的聖人。沒聽過這些例子其實也不足為奇。因為沉溺女色，也只是放縱五根之慾而已。但企圖謀叛就必須兼具貪、嗔、癡三毒。聖人就算放縱五慾，也絕不會受三毒之害。由此可知，我的智慧之光雖然因五慾而顯得黯然失色，但並沒有完全消失……。不過不管怎麼說，初到這座島時，我每天都覺得很不甘心。」

「您的日子肯定過得很辛苦吧?除了三餐外，恐怕連衣物都嫌匱乏。」

「不會啊!因為每年春、秋兩季時，都會有人從肥前國的鹿瀨莊送些食物和衣服到少將的住處。鹿瀨莊是少將的岳父——平教盛的領土。而且我在這裡也住了一年多，早已習慣島上的風俗民情。但我卻久久無法忘卻心中的不甘，因為一起流放至此的人太糟糕了。像丹波的少將成經，整天不是悶悶不樂，就是打瞌睡。」

「成經大人年紀還輕，想到父親大人的遭遇會有所感慨也是難免的。」

「什麼?少將他和我一樣，都覺得不管是誰來統治天下都無所謂。他只要能彈彈琵琶，賞賞櫻花，或者給貴婦人寫寫情詩，就覺得人生足矣。所以他每次跟我見面時，都會埋怨他那位叛國的父親。」

「不過，聽說康賴大人和僧都大人您的交情很好。」

「但是康賴這個人很難相處。他認為有什麼願望的話，只要向天神、地神、諸佛菩薩祈求，眾神就會如他所願，讓他美夢成真。也就是說，康賴簡直把神佛當成了商人。只是神佛不會像商人一樣出價來販賣庇佑。所以他就讀經文、供奉香火。以前島上的後山有許多姿態美妙的松樹，都被康賴砍掉了。我還以為他砍那些樹是有什麼重要的用途，結果他是拿來做一千根的板塔婆[1]，並在每根板塔婆上寫詩，然後丟到海裡去。我從沒見過像康賴這麼勢利的人。」

「這也不算什麼蠢事。京都的人都說，那些板塔婆後來有一根漂到了熊野，還有一根漂流到了嚴島。」

「看來在那一千根的板塔婆中，有一、兩根漂到了日本境內呀。但如果真的相信神明會保佑的話，只要丟一根就夠了。而且他準備要把一千根板塔婆放水漂流時，還一直考慮著風向的問題呢！那天，當他要將板塔婆丟入海中時，我大聲念誦著『歸命頂禮，懇請熊野三所的權現[2]，尤以日吉山王、王子權現一族，還有梵天帝釋在上，堅牢地神在下，特別是內海外海龍神八部，請垂下庇護』接著，我又加上了『西風大明神、黑潮權現，也請保佑，謹上再拜。』一句。」

「真是惡劣的玩笑。」

我忍不住笑了出來。

「這時，康賴生氣了。而且是非常非常地生氣。這不但對現世不好，對後世往生也不利——但更糟糕的是，不知從何時開始，少將也和康賴一起篤信神明。而且他膜拜的還不是熊野或王子等有來歷的神，而是名叫岩殿的神明，據說是鎮壓本島火山的神，他常去岩殿的寺廟參拜呢！說到火山我才想起來，你應該還沒看過火山吧？」

「對！我只有剛才在榕樹樹梢上，看到一座冒著淡淡紅煙的禿山。」

「那麼，我們明天就一起上山瞧瞧吧！登上山頂，不僅能欣賞整個島上的風光，還能看到一望無際的海洋。岩殿寺就在上山的途中。每次他們要到岩殿寺膜拜時，康賴總會邀我一起去，但我不會去。」

1 用於日本祭祖、祭亡、布施餓鬼或莊嚴道場的木板。

2 日本神的神號之一，大乘佛教中的神佛由化身的方式，以日本神的形態出現。

「京都裡的人都說您就是因為不拜神，才會被單獨留下。」

「對！或許是因為這樣也說不定。」

俊寬大人神情嚴肅地稍微搖了搖頭。

「如果真的是岩殿顯靈讓他們倆返回京都，而獨留我一人的話，那祂就是禍津神[1]。還記得我剛才跟你提過的少將夫人嗎？她夜以繼日地向岩殿祈求，希望少將不要回京都。但是她的願望並沒有實現。由此可見，這個名為岩殿的神明，根本比天魔還糟糕嘛！因為天魔自釋迦牟尼佛出世後，對諸惡設下了戒行。如果天魔代替岩殿待在那座寺廟裡的話，那麼少將在返京的路上肯定會遭遇船難，不然就是會罹患熱病什麼的，離開人世。這就是讓少將與夫人的願望同時毀滅的唯一方法。然而，岩殿裡的神明和人類一樣，不專做善事，也不會只做惡事。但其實其他神明也一樣。奧州名取郡笠島的道祖神，是住在京都的加茂河原之西、一条之北的出雲路道祖神之女。但這位女神在她父親替她找到夫婿前，就和京都的年輕商人結為夫婦，並迅速離開京都住在偏僻的地方。他們這種行為，不就和凡人一樣嗎？而且那個實方的中將，經過女神面前時，只因沒下馬參拜，最後竟被馬踢死。這種和人類相似的神明，正是因為離不開五塵，所以誰也無法預料祂們會做出什麼事，實在不可掉以輕心。所以呢！神明如果不能遠離紅塵俗世，我們也沒有理由崇拜祂們……。但這些事情都只是故事的小插曲而已。康賴和少將，一心一意地祭拜著岩殿。還把岩殿當作熊野權現，把那座海濱稱為和歌浦，還把山坡取名為蕪坡，反正他們把島上每個地方都取了和歌山和京都的地名。就像小孩一樣，明明是追著狗在跑，還以為自己在獵鹿。其中，只有一條無音瀑布，有比真正的無音瀑布還巨大壯觀。」

「但是，京都的人都說他們曾經見過神蹟。」

「所謂的神蹟，其實是這樣子的。法會結束的那一天，他們倆站在岩殿前傳述佛法時，山風吹動了樹木，並吹落了兩片山茶樹的葉子。這兩片山茶樹的葉子都有被蟲子咬過的痕

1 即厄運災禍之神。

跡。其中一片形成『歸雁』二字，而另一片則是『二』，合在一起讀就是『歸雁二』。他們看到這個都非常興奮。到了第二天，康賴得意洋洋地將這兩片葉子拿給我看。其中一片要讀成『二』這個字並非不可，但另外一片要說成『歸雁』的話，也未免太強辭奪理了。我覺得十分可笑，於是隔天也上山一趟，撿了幾片樹葉回來。我將那些被蟲咬過的葉子排列後，豈止是『歸雁二』，還找到了能念作『明日歸洛』、『清盛橫死』，以及『康賴往生』等字的葉子。我想康賴看到了一定會很高興的……。」

「他應該是很生氣吧！」

「沒錯！他氣得火冒三丈。他的舞藝在京都無人能比，但是說到他的脾氣，那可就更厲害了。當他被加以謀反之罪時，肯定也曾大發雷霆。而他壞脾氣的根源，絕對是來自於增上慢。康賴認為平家自高平太以來都是惡人，而他們康賴家從大納言以來就都是好人。這種自戀對他根本毫無益處。而且，就如同我剛才所說，我輩凡人都是一樣的，不管是誰，就算是高平太也都大同小異。但究竟是康賴生氣好，還是少將嘆息好，其實我也不知道。」

「只有成經大人一人有妻子，他的煩惱特別多吧。」

「但是他始終蒼白著臉，老是抱怨著瑣碎的小事。比方說看到山谷裡的山茶花時，他就會抱怨這座島上怎麼不開櫻花；看到火山的山頂在冒煙，他又埋怨這島上沒有青山可賞。都不正視眼前所有的東西，老是提些島上沒有的東西來做比較。有一回，我和他一同到磯山上摘槖吾時，他突然對我說：『啊！我該怎麼辦才好呢？這裡連加茂川的清流都沒有。』我聽到這話沒笑出來，多虧了地主神、日吉的保佑。由於實在太蠢，我便回說：『是啊！這裡沒有福原的監獄，也沒有平相國入道淨海，真是可喜可賀！可喜可賀！』」

「您這樣跟他說，少將不就氣瘋了嗎？」

「我本來就想惹他生氣，不過他卻一臉哀怨地看著我，搖搖頭對我說：『你根本什麼都不懂，真是幸福啊！』他那種回答，比發火還令人痛苦。我……坦白說當時的心情莫名地很消沉。如果我真如少將所言，什麼事都不懂，我或許還不會這麼難過。不過我能體會他的心情，我也曾經和他一樣，以眼中的淚水為傲。要是透過淚水看看我那過世的夫人，她將會多美麗啊……一想到這些事，我就覺得少將很可憐。但是可憐歸可憐，可笑之處依舊很可笑！所以我就想帶著笑容，認真地說些什麼安慰他。而那次，是少將唯一一次對我發火，當我安慰他時，少將突然變了一張很恐怖的臉，對我說：『我真希望你是笑我而不是安慰我』這一刻——不是很奇怪嗎？我最後忍不住大笑了一場。」

「之後少將怎麼樣了？」

「往後的四、五天，他就算遇到我也不打招呼。不過，後來再遇到他時，他一臉難過地搖著頭說：『啊！我真的好想回京都，這裡連一輛牛車都沒有。』他才是那個比我幸福的人。無論是少將或康賴，果然還是待在這好。他們倆回到京都後，我寂寞了兩年。」

「京都的人豈止說您寂寞，還說您可能憤慨而死了。」

我盡可能地將我在京都裡聽到的傳聞一一告訴他。並借用琵琶法師的描述：

「呼天喊地，悲傷得不能自已。……還用船繩綁住身軀，一直被拖到水深及腰處，水漸漸淹到了腋下，又慢慢地淹到了頭部，最後終於全身都淹沒至水裡，才空虛地游回到岸邊。……帶我去吧！載我走吧！即使奮力喊叫，船依舊無情地划向遠方，只剩船划過水面的白浪。[1]」我把主人發狂的段落說出來時，俊寬大人竟饒有興味地靜靜在一旁聽我說。當我跟主人說，在船隻消失於大海的另一頭前，主人不斷招手的橋段已是舉世聞名時，他點點頭承認說：「這段不是假的，我真的招了好幾次手。」

「那麼，您真的如京都的傳言所說，像松浦的佐用公主那樣，和大家依依不捨地告別了嗎？」

「要和在島上相處了兩年的朋友分離，一定會離情依依的不是嗎？但我會一直招手，也不只是因為不捨。當時通知我有船進港的是本地的琉球人。他們從海邊跑過來，氣喘吁吁地告訴我有船來了，而我只聽得懂『船』這個字，至於是什麼船來了，我就完全聽不懂了。想必他是因為太慌張，才會把琉球語和日語交雜使用。因為他說船來了，我就立刻跑到海邊。此時，海邊不知何時已經聚集了一群土人。而海面上豎立著高高的帆桅，不用多

1 出自於《平家物語》卷三〈足摺〉裡的一段。

說，這肯定是要來接人回去的船隻。當我看到船時，心中不禁感到一陣狂喜。而少將和康賴已經比我搶先一步站在船邊。看他們高興的模樣，不知情的土人還以為他們是被毒蛇咬到發起瘋來。這時，從六波羅派來的使者丹佐衛門御基安，將赦免令遞給少將。但少將宣讀名單時，我的名字並沒有列在上面。就只有我沒有被赦免……。就在彈指的瞬間，我心底浮現了許多影像——公主和少主可愛的臉孔、夫人罵我的聲音、京極府第庭院的景色、天竺的早利即利兄弟、中國的一行阿闍梨、本朝的實方大臣……實在無法一一細數。有件事現在想起來還覺得很可笑，我的腦裡甚至還浮現了拖著車的紅牛屁股。但我盡量提醒自己要冷靜。少將和康賴當然很同情我的遭遇，一直在旁邊安慰我，還求使者讓我也一起上船。但是沒有獲得赦免的人是不可能上船的。我鼓起勇氣，不斷思索為什麼只有我一個人沒有被赦免。我想，肯定是高平太還對我懷恨在心。高平太不只恨我入骨，還很怕我。我以前是法勝寺的總管，怎麼可能明白兵家之事？但天下說不定會附和我的提議——恐怕高平太就是擔心這點。思緒至此，我不禁苦笑連連。西光法師等人最適合替山門和源氏的武士擬出有利益的主張。至於我，我不過是在平家勞心的老耄之一。就如我剛才所提到的，其實由誰來統一天下對我而言都沒有差別。我要的不多，除了一卷經文外，如果能再擁有鶴前的話，我就心滿意足了。但淨海入道這個人，才疏學淺得實在是令人感到可悲，連我俊寬都覺得可怕。如此看來，我沒被砍頭，能留住這條小命獨自在島上生活，也是一種幸福……。當我陷入沉思時，開船的時間到了。這時，少將在島上娶的妻子，抱著襁褓中的嬰兒，求使者讓她上船。她實在太可憐，所以我也幫她一起向丹佐衛門御基安求情，希望能讓她一起搭船。但使者完全不理我，這男的是個只知道執行任務，其他事情都不懂的木偶人。我倒也不會責怪他，唯一罪孽深重的是少將啊！」

俊寬大人彷彿很生氣地用力搖著手中的芭蕉扇。

「那女人發了瘋似的，一直想跳上船去，無奈被水手們擋下。最後那女人抓住了少將衣服的下襬。此時，少將慘白著臉，無情地甩開她的手。那女的倒在海邊，對上船一事澈底地死心，只是趴著放聲大哭。我就在那一瞬間，心中燃起了熊熊怒火，這股憤怒絕不會輸給康賴的壞脾氣。少將真是連禽獸都不如。而康賴也只是在一旁冷眼旁觀，完全不像佛門弟子會做的事。在場的人除了我之外，就沒有人站出來替那女人求情了。一回想起這件事，即使事過境遷我仍想破口大罵。不過，我罵出口的，並不是京都的孩童所用的字眼，而是以八萬法藏十二部經中惡鬼羅剎的名字來咒罵他，就像放箭般不停飆罵著。船愈開愈遠了，那女人就一直趴在地上哭，我在岸邊氣得直跺腳，不停地揮手要他們把船開回來。」

儘管主人說得氣呼呼的，但聽他說著說著，我不禁發出會心的一笑。而主人自己也笑了出來。

「這個招手會在京都廣為流傳，都是因為我亂發脾氣所引起的。要是我當時不生氣，就不會有我俊寬因為想回京都而想到抓狂的謠言了。」他極無奈地說道。

「之後就再也沒有特別令您悲嘆的事情了嗎？」

「就算悲嘆也沒用，不是嗎？隨著日子一天天過去，那寂寞的感覺也漸漸消逝。對我自身而言，現在的我只希望能見到本佛，其他並無奢求。只要相信自己現在身在淨土上，那麼歡喜的笑聲，就會像火山爆發般自然地發出聲來。我完全是自力[1]的信者……。對了！還有一件事忘了告訴你，就是那個女人，當時她一動也不動地趴在地上一直哭。土人不知何時一一散去了。而船隻也早已和藍天融成一片，不知去向了。我覺得她實在太可憐了，想要過去安慰她，便從身後輕輕將她抱起來。結果你猜猜那女人怎麼樣？她竟出其不意地賞了我一記耳光，這一巴掌打得我暈頭轉向，往後倒了下去。寄宿在我體內的諸佛、諸菩薩、諸明王肯定也是大吃一驚。當我吃力地爬起來一看，那女人已經無精打采地朝村落的方向走去。什麼？她為什麼要打我？關於這個問題我也不知道，你最好去問那個女人。也許是因為當時四下無人，她以為我要非禮她吧！」

五

第二天，我就和主人去爬島上的那座火山。之後，大約有一個多月的時間，我一直陪伴在他身邊，但最後還是依依不捨地離開他回到了京都。「一物願君賞，友若思念我，遙

1 靠自己的力量修行悟道。

望岸邊茅草庵。」——這是他當時送給我的和歌。俊寬大人也許還住在離島上的那間小屋裡，獨自一人悠閒度日。或許今天晚上，他仍一面吃著琉球芋，一面思考佛教的道理和天下的大事呢！除了這些事情外，他還跟我說了許多事情，改天有空再說給大家聽吧！

好色。

想要完全理解一個天才的功德偉業，是需要具備相當程度的。

世有名為平中[1]之登徒者，除宮廷女官外，還窺探他人之女。

《宇治拾遺物語》

終日苦思，何故無法見得佳人，左思右思，乃至臥病煩惱而死。

《今昔物語集》

所謂好色者，下場就是這個樣子。

《十訓抄》

一、畫姿

與太平盛世十分相襯的黑亮烏帽子下，有張豐腴的臉蛋正朝這個方向看了過來。那圓潤豐滿的臉頰上透著紅潤的色澤，但他並沒有塗抹胭脂。他的肌膚有男人中不常見的細緻白嫩，而那紅潤則是自然透出的血色。弧線優雅的鼻子下，有一排鬍鬚——說是鬍鬚，卻也稀疏得宛如用墨水筆在薄唇的左右輕輕畫下般。但他梳整油亮的鬢角上，彷彿照映著毫無暮靄的碧空，顯現一抹淺藍。鬢角的盡頭處只看得見微微向上的耳垂。或許是因為光線微弱的緣故吧！耳垂像蛤蜊一樣，呈現出溫暖的色澤。他的眼睛比一般人來得細小，眼神中不斷洋溢著微笑。他的瞳孔裡，似乎總是浮現出開滿櫻花的樹枝，漾著開朗的笑容。但只要仔細端詳這張臉孔，也許會發現他臉上的微笑並不全是幸福的體現。而是對某個遙遠的事物懷有憧憬的笑容，同時也是鄙視身邊一切事物的微笑。相較於他的臉龐，他的脖子可說是過於纖弱。他頸子上的白色汗衫衣領，和薰上淡淡清香的油菜花色水干的衣領間，畫出一道細長的分界線。在他的臉龐之後，隱約露出的是織有白鶴的屏風呢？還是畫著悠然山麓下赤松的紙門呢？總之，他的身後，散發著模糊的銀白色光輝……。

而這就是從古老的故事中，浮現在我眼前的「天下第一風流男」平貞文的面容。平貞文的父親——平好風膝下有三個孩子，聽說平貞文在家中排行老二，所以給他取了個「平

1 平貞文（八七二年～九二三年）詩人。以風流聞名，《平中物語》便是以他的戀愛故事為主題的歌物語。

中」的綽號。他是我心中的唐璜[1]。

二、櫻花

平中倚著柱子心不在焉地看著櫻花，緊鄰屋簷的櫻花似乎已經過了盛開期。殘紅稍褪的花瓣上映著午後的陽光，陽光灑在縱橫交錯的樹枝下，形成了錯綜複雜的影子。平中眼裡雖然盯著櫻花，但心裡卻沒想著櫻花。他從剛才就一直漫不經心地想著女侍從官的事。

「第一次遇到女官是……。」

平中依然在想著女官的事。

「第一次見到女官……是什麼時候的事了？對了！對了！當時說過要去稻荷神社參拜，那應該是二月第一個午日的早晨。那時她正要上車，而我也恰巧路過那裡——就從那個時候起，事情展開了序幕。她的容顏藏在扇子的陰影之下，雖然只能瞥見一眼，但她身上交疊著紅梅色與黃綠色的衣裳，在其之上又披著一件紫色袿衣——這模樣有難以形容的美麗。而且她剛好要上車，只見她一手拉著裙襬，身子稍微向前一彎——這姿態更是令人怦然心動。本院大臣的宅第中雖然有無數的女官，卻沒有一個人像她這般美麗動人。所以，即使我平中愛上她也……。」

平中的表情變得有些認真。

「我是真的愛上她了嗎？說愛上她了嘛……倒也真像是愛上她了。要是說沒有愛上她……。一旦想弄清楚這種事，就會愈想愈混亂。哎，我應該是愛上她了！但我本來就好女色，不論我有多愛這名女官，也不至於愛到神魂顛倒。有一天，我和範實這傢伙提起女官時，他竟裝模作樣地說女官美中不足的地方，就屬頭髮太少了，像這種小缺陷，我老早就看出來了。範實這種男人，或許對吹篳篥[2]有兩下子，但是要說到女人……啊！算了！

1 Don Juan，西班牙傳說中的大情聖。

2 笛狀管樂器，表有七孔、裡有二孔、複簧。

暫時先不說那傢伙，現在我要想的，只有女官一個人的事……。不過，嚴格說起來，女官長得有些冷漠，如果只是說冷漠倒也罷，通常冷漠中應該會蘊藏著幾分古畫中仕女的高雅氣質，但她的臉龐還帶了點寡情，而神情中流露出的穩重，卻詭異得令人覺得不太可靠。有這種臉蛋的女人，通常都目中無人。她皮膚也不算細緻白皙，雖然稱不上黑，但可以說是琥珀色。只是，無論何時見到她，她都如此搶眼，令人想一親芳澤。那種神采，是其他女人無法比擬的……。」

平中彎起了膝蓋，陶醉地望著屋簷上的天空。天空在花團錦簇間，透出一片柔和的淡藍。

「不過，從前些日子起，我就已經派人送了無數封的情書，如今卻一點音訊都沒有，她也未免太鐵石心腸了吧！曾收過我情書的人，不出三封信，她們的心就會被我打動了。當然，偶爾也會遇到比較矜持的女子，但也從不需要寄到第五封情書。就連慧眼法師的女兒，我只寫了一首和歌就輕易地得到她的芳心了。而且，那首和歌還不是我本人寫的。那個是……？啊！對了！是義輔寫的和歌。據說義輔當初寫這首和歌，是為了要送給一位青女官，但最終並未受到她的青睞。不過呢！同一首和歌，如果換成是我寫的話……話雖如此，這次我也同樣寫了信給女官，她也依然是無動於衷呀！看來我不能太以此為傲了。但無論如何，我只要有寄情書，對方就一定會回信。而且對方一旦回信後，就一定會相約見面，見面後，對方就會開始任性胡鬧，當對方任性胡鬧後……我就會開始感到厭煩。事情大多都是這麼發展的。然而，這一個月以來，我寄了將近二十多封信給那位女官，她卻連一封也沒回。畢竟情書的題材有限，腹內的文墨也將用之殆盡。今天在寄給她的信中提到『請您至少也回已閱二字。』所以，我想這回應該會有回音了吧！會不回信嗎？如果她今天又沒回信……那我……唉——！我竟然也開始為這種事操心，變成毫無骨氣的人了。聽說豐樂院的狐狸精會變成女人的模樣，要是迷上了狐狸精，情況一定就像我現在這樣。一樣是狐狸精，奈良坂的狐狸精，卻會變成三個人張開雙臂才抱得住的粗壯杉樹。而嵯峨的狐狸精會變成牛車。高陽川的狐狸精則會化身成小女孩。桃園的狐狸精呢，會變成大池塘……。狐狸精的事不重要。嗯？我剛剛原本在想什麼呀？」

平中抬頭仰望著天空，強忍住呵欠。開滿櫻花的屋簷一角，在夕陽的斜射下，偶有幾片雪白的花瓣飄落下來，遠處似乎還傳來鴿子的啼聲。

「總而言之，我要敗給那個女人了。別說是見面，只要她願意和我說一次話，我有自信絕對能得到她的人。更何況，要是能與她共度一宵……那更不在話下。就連攝津和小中將，在認識我之前始終對男人沒有好感。但自從遇到我之後，她們不就變得很喜歡男人了嗎？這女官又不是金身佛像，怎麼可能會對我無動於衷呢？最後一定會喜歡得不能自拔。可是，這女官到了緊要關頭時，該不會像小中將那樣害羞吧！又或者像攝津一樣，裝作一本正經的樣子？我想，她一定會用袖子遮住她的櫻桃小嘴，只露出含笑的眼眸……。」

「大人！」

「反正是在夜裡，所以一定會有小燈臺或是其他照明。那柔和的燈火，灑在她的秀髮上……。」

「大人！」

平中有些慌張地轉過戴著烏帽子的頭，不知何時，身後多了一個侍童。他低著頭，手裡捧著一封信。看他的樣子好像在拚命強忍著笑。

「給我的信嗎？」

「是的，是女侍從官差人送來的。」

侍童說完話便匆匆轉身離去。

「女侍從官？真的是她嗎？」

平中忐忑地打開了用青色鳥之子紙寫的信。

「這該不會是範實或義輔的惡作劇吧？這兩個閒人最喜歡做這種無聊事……。哎呀！真的是女官寄給我的信呢！是她寄來的沒錯！但……這信的內容，能算是信嗎？」

平中忿忿地將信往地上丟。他寄給女官的信中曾寫過「請您至少也回已閱二字。」所以這封回信，只有寫著「已閱」二字。而且，這兩個字還是從平中的信上剪下後，貼在烏之子紙上的。

「哎呀！哎呀！被稱為天下第一風流男的我竟會被如此戲弄，真是令人不敢相信。這女官未免太可惡了吧！好！妳最好給我記住……。」

平中抱著膝蓋，茫然地看著櫻花樹的樹梢。在地上翻了面的青色和紙上，已經覆上了幾片被風吹落的花瓣……。

三、雨夜

兩個月後，某個大雨滂沱的夜晚，平中一人悄悄前往本院女官的房間。雨聲淅瀝，雨大得像是要將整座夜空融化般。與其說道路滿是泥濘，不如說是洪流滾滾。在如此糟糕的天氣裡特意去看她，她再怎麼鐵石心腸，也一定會覺得我很可憐——平中在心裡如此盤算時，他已來到了房門口，「啪」地一聲展開手中的銀扇後，他乾咳了一聲，希望有人注意到他的來訪，請他進房。

不久，一個年約十五、六歲的侍女出現在門口。她那早熟的臉蛋上塗著白粉，也許是因為時間很晚了，她看起來似乎很睏。平中湊過臉去，小聲地求見女官。

侍女轉身進去片刻後，又回到門口，一樣輕聲地回答他：

「請隨我入內等候，女官說等大家都入睡後，就出來與您見面。」

平中的臉上不由得露出了笑容。在侍女的引領下，他來到了應該是緊鄰女官閨房的拉門旁，接著彎腰坐了下來。

「我真聰明！」

當侍女退下後，平中獨自一人竊笑著。

「看來女官這回是放棄掙扎了！女人嘛！總是多愁善感的。只要男人表示一下誠意，多獻點殷勤，馬上就會墜入我所編織的情網。義輔和範實就是不懂其中的道理，他們才會……。等等！女官說今晚能見面……這一切好像太過順利了吧！」

平中內心開始感到惶恐不安。

「可是，如果她不想跟我見面，應該就不會交代侍女說要跟我見面。莫非是我以小人之心，度君子之腹？畢竟我都寫了六十多封情書給她，她卻連一封信都沒有回，會起疑心也是人之常情。但如果不是我想太多的話——仔細想想，我覺得自己或許沒有想太多。就算她真的被我的真心打動了，但那個總是對我不理不睬的女官——不過或許對象是我的關係吧？被我平中這種人愛慕，想必她的心腸也就突然軟下來了吧！」

平中拉整衣襟，怯怯地在黑暗中四處窺看，但周圍除了伸手不見五指的漆黑外，只有那無休無止的雨聲，打在檜木建造的屋頂上。

「若認定是自己疑心病重，就覺得似乎是自己想太多。如果不是自己太猜忌多疑——不！要是覺得有疑念，反而稱不上猜忌多疑了。若不起疑心，反倒更像小人之心。總而言之，『命運』這種東西就愛折磨人！既然這樣，只要不覺得是小人之心就行了嘛！這麼說，那個女人現在……喔！大家好像都要去睡覺了。」

平中豎起耳朵仔細傾聽。果然，在滂沱的雨聲中，能聽見剛剛還在侍奉主子的宮女們，正準備回房休息的窸窣說話聲。

「現在正是要忍耐的時候，只要再忍一個鐘頭，我就能順利地一償宿願了。但是心底不知為何總有一絲不安。對！對！這樣才好。肯定是因為一直以來都沒辦法一親芳澤，如今就要美夢成真的關係！但是，愛捉弄人的命運，說不定早已看透我內心的想法。那我就想著一定能見面吧！不過上天都已經安排好了，想必不會依我所願……啊！等得我心都痛起來了。好吧！乾脆就認為我和女官無緣吧！現在每個房間都安靜下來了，四周只剩唏哩嘩啦的雨聲。不如閉上眼睛，想些有關雨的事情吧！春雨、梅雨、驟雨、秋雨……秋雨？有秋雨這個詞嗎？秋天的雨、冬天的雨、雨滴、漏雨、雨傘、祈雨、雨龍[1]、雨蛙、雨革[2]、躲雨……。」

1 龍的一種，沒有長角，尾巴細細長長的。是杜撰出來的動物。

2 車子的遮雨棚。

正當他胡思亂想之際，平中被一道意料之外的聲響給嚇了一跳。不！這聲音不只令他受到驚嚇而已，平中聽到這個聲響後，他的神情簡直比虔誠的法師見到佛陀顯靈時，更顯得驚喜若狂。若要問何故，只因他聽見拉門的另一頭，傳來某人拿掉門閂的聲音。

平中試著拉開門，這扇門也如他想像般輕巧地滑過了門檻。門內被一道濃郁的薰香包圍著，四周一片漆黑。平中輕輕將門闔上，膝蓋跪地用手摸索著四周緩緩爬行前進。但在這充滿誘惑的黑暗中，除了天花板上傳來的雨聲外，感受不到任何氣息。他碰巧摸到些什麼時，才發現手中的東西，不是衣架就是化妝台之類的東西。平中覺得自己的心跳愈來愈快了。

「她是不是不在房裡呢？如果在房裡，應該會說些什麼才對呀！」

當他這麼想的時候，他突然碰到女人柔軟的手。手往上一探，又摸到絹布縫製的衣袖。手接著來到衣服下面的乳房，還有那豐腴的臉頰和下巴，最後也摸到她那一頭比冰還冷的秀髮……。平中總算是找到她了，那個靜靜躺臥在黑暗中的她，那個令他朝思暮想的女侍從官。

這不是夢，更不是幻覺。女官就在平中的面前，僅穿著一件薄衫，以撩人的姿態躺在床上。平中驚喜得久久無法動彈，身子不由自主地顫抖。但女官卻依然動也不動。他覺得這種場面好像在某本書上描述過。又好像是幾年前，在正殿的燈光下看過的某本畫卷。

「謝謝妳！真的謝謝妳！過去我一直以為妳是個鐵石心腸的女人，從今以後，我要以遠超過對佛祖的虔誠，把生命都奉獻給妳。」

平中將女官拉進了自己，打算在她耳邊呢喃這些情話。然而，不管他心中多麼急切，他的舌頭就是不聽使喚，老是抵住上顎一句話也說不出口。她的髮香以及美妙且溫暖的體香漸漸地將他包圍……。正當他分神的時候，臉頰上感受到了女官微微的氣息。

這一瞬間……只要跨過這關鍵的瞬間，他們倆就會陷入愛的狂瀾之中，管他什麼雨聲、薰香、本院大臣、侍女，全都拋諸腦後。但就在這一剎那，女官坐起了身子，將臉龐貼近平中的臉，嬌滴滴地說道：

「請等一下，門還沒有上閂呢！我去把門閂好。」

平中點了點頭。女官在兩人蓋過的被褥上留下一股暖香後，便站起身來悄悄地走向拉門。

「春雨、女官、彌陀如來、躲雨、雨滴、女官、女官……。」

平中只是睜大著雙眼，想著一些他自己也搞不清楚的事。接著，漆黑中傳來了門閂的聲音。

「雨龍、香爐、雨夜的品評[1]，黑暗中的現實，和清晰的夢境相比，其實相差不遠[2]，至少夢境……怎麼了？門應該閂好了吧！」

平中抬起頭來想一探究竟。但屋內和剛才一樣，僅瀰漫著薰香的氣味以及一片漆黑。女官到底去哪了呢？甚至沒聽見走動時衣物的摩擦聲響。

「難道她……不！該不會……。」

平中爬出被窩，跟剛才一樣用手摸索著一路爬到拉門邊。他發現拉門已經被反鎖了，不管他怎麼豎耳傾聽，也沒聽見任何腳步聲。傾盆大雨中，每間房都靜悄悄的，因為現在正是好夢方酣之時。

「平中啊！平中！你已經不再是什麼『天下第一風流男』了，你什麼都不是。」

平中倚靠著紙門，傷心地喃喃自語。

「你的容貌已大不如前，本事也不如過去。你比範實和義輔更令人鄙視，更沒出息……。」

四、好色問答

以下是平中的兩位朋友——義輔和範實之間的閒談或對答的一段內容。

1 出自於《源氏物語》〈帚木卷〉一個下著雨的夜晚，光源氏等貴公子評論著宮中女人的場面。

2 出自於《古今和歌集》情詩第三篇，作者不詳。

義輔：「聽說連風流的平中都拿那個女侍從官沒轍呢！」

範實：「我也聽說了。」

義輔：「也算是給了那傢伙一點教訓。他呀！除了不敢染指天皇寢宮中的女御、更衣之外，其他女人都難逃他的魔掌。還是給他一點教訓好了。」

範實：「嘿！你也是孔夫子的弟子呦！」

義輔：「我雖不懂孔夫子的教誨。但我很明白有多少個女人為平中傷心流淚。要我再說下去的話，也不是不知道到底有幾位因他而飽受煎熬的丈夫？幾位憤怒難息的父母？幾位憤憤不平的僕役？像他這種到處添麻煩的男人，應當要嚴厲斥責才對！難道你不這麼認為嗎？」

範實：「事情也不能這樣說。的確，平中的所作所為或許真的替大家造成了困擾。但是將所有的罪過都推到他身上，似乎說不過去吧！」

義輔：「那麼，還有誰該負責呢？」

範實：「這個嘛！其實女方也該負點責任的。」

義輔：「竟然也要女方負責，未免也太可憐了吧！」

範實：「但叫平中一個人獨自承擔，不也是很可憐嗎？」

義輔：「可是，是平中主動去勾引她們的吧！」

範實：「男人是在戰場上大方地互砍，而女人只會以暗算的方法殺人。難道殺人的罪孽會依方式而有所不同嗎？」

義輔：「你怎麼老替平中說話。不過你應該承認這一點，我們不會讓世間的人痛苦，而平中會。」

範實：「這很難說。雖然不知道其因果，但人類呀，要是不互相傷害，似乎就一刻也活不下去了，只是平中做得比我們過火些。在這一方面，像他那種天賦異秉的奇才，也算身不由己的命運。」

義輔：「別開玩笑了！如果平中算是天才，那池塘裡的泥鰍也會變成龍囉！」

範實：「平中確實是個天才。你仔細看看他的臉蛋，聽聽他的聲音，讀讀他寫的信。如果你是女生，和他獨處一晚後，你就會發現他和空海上人[1]或小野道風[2]一樣，打從娘胎起，就具備了超凡的能力。如果他不算天才，天底下就沒有人可稱作天才了。我倆一介凡人，是絕對比不過他的！」

義輔：「可是，天才不應像你說的那樣專門造孽吧？比方說，只要看了道風的書法，就能被那美妙的筆力深深打動，而聽見空海上人誦經的聲音，就……。」

範實：「我並沒有說天才是專門造孽的。而是說連天才也會犯錯！」

義輔：「這麼說來，平中就不能被歸在同一類啊！平中的所作所為只衍生出了罪孽而已啊！」

範實：「這個我們應該是不會懂的。對一個連假名都寫不好的人來說，道風的書法對他而言不就很無趣嗎？而對一個毫無信仰的人來說，傀儡戲劇的歌曲也許比空海上人的誦經更有趣。想要完全理解一個天才的功德偉業，是需要具備相當程度的。」

義輔：「你說得非常有道理。但是，平中尊者的功德是什麼？」

範實：「平中的情形難道有所不同嗎？他那種風流奇才的功德，只有女人才會懂。你剛才有提到，不知有多少女人為他碎心飲泣。現在，我要反過來說，天底下不知有多少女人，都曾因為平中而體會到生命中極至的歡愉；不知有多少女人，都曾因為平中而深刻了解到活著的意義；不知有多少女人，都曾因為平中而學習到犧牲的可貴；不知有多少女人，都曾因為平中……。」

義輔：「不用再說了，已經夠了！照你這樣牽強解釋，連稻草人都會變成鐵甲武士。」

範實：「像你嫉妒心這麼強的人，才真的會把鐵甲武士認作稻草人。」

義輔：「咦！我善妒？沒想到你會這麼說我。」

1 空海（七七四年～八三五年）為日本派遣僧，前往中國學習唐密，謚號弘法大師。

2 小野道風（八九四年～九六七年）日本知名書法家，為擺脱中國書風，替和樣書道建立基礎之人。

範實：「你為什麼不像責備平中一樣，去責備那些不守婦道的女人？我知道，就算你嘴裡這麼斥責他，但是你心裡一定不是這麼想。因為我們都是男人，所以不知不覺中會嫉妒起平中。在我們的內心裡，或多或少都會希望自己是平中，想體會當平中的滋味。也因為如此，在我們眼裡，平中比叛國賊更令人憎恨，說起來他也真可憐。」

義輔：「這麼說來，你也想成為平中？」

範實：「我？我並不想，所以我看平中的立場會比你公正多了。平中只要得到一個女人後，馬上就會對她感到厭煩，接著又會以異常熱情的態度，對另一個女人展開鍥而不捨的追求。那是因為在平中的心裡，每分每秒都浮現著巫山神女般無與倫比的美女，她的倩影，久久盤據在他的腦海裡。而平中總想在現實世界裡找尋那種美。每當他愛上一個女人時，他就會以為找到了自己夢想中的女神。但見過兩、三次面後，他那如同海市蜃樓般的幻想就會破滅。所以那傢伙才會一個女人接著一個女人不停地換。現實人生中，怎麼可能會有那種美女呢？平中這一生啊！注定會以悲劇收場。這回你可知道了吧！我們要比平中來得幸福多了。然而平中的不幸，可說是因為他的天賦異稟所至。不單是平中一人，空海上人和小野道風的狀況，肯定也和他十分相似。總而言之，若想得到幸福，就得像我們這樣當個平凡人才行……。」

五、感嘆糞便之美的男人

平中神情落寞地獨自佇立於本院女官閨房附近的走廊，而走廊上一個人影也沒有。灑落在走廊欄杆上的陽光，就像滾燙的熱油一般，看著看著更令人感到炎熱。而屋簷外的晴空下，那一叢叢綠油油的青松，則靜靜地守著一地清涼。

「女官竟然不把我當一回事，那我也要澈底將她從記憶中刪除……。」

平中蒼白著臉，失神地想著這件事。

「可是，不管我再怎麼努力地想將她忘掉，她的倩影仍如幻影般浮現於我的眼前。自那晚雨夜以來，為了忘掉她，我不知拜訪過多少間寺廟，不斷虔誠地向神明祈求。然而，當我到加茂神社時，她的容貌竟清晰地映在廟中的鏡子裡。當我走進清水寺的內殿後，連觀世音菩薩的尊容都變成了女官的模樣。要是她的容顏繼續占據著我的心，我一定會飽受相思之苦最後抑鬱而死……。」

平中長長地嘆了一口氣。

「看來想忘掉她……只有那一個方法了。就是盡量找出那女人的缺陷。女官又不是神仙，一定也有不為人知的缺點吧！只要能找出其中一項，我就能對她死心了！就像發現幻化成女子的狐狸的尾巴，這樣就能對她幻滅了！我的性命，就會在那一瞬間回歸於我。然而她的缺點究竟在哪兒呢？哪裡隱藏著不潔之處呢？有誰能告訴我？啊！大慈大悲的觀世音菩薩，求求祢給我一點指引吧！請證明女侍從官與河原的女乞丐沒有什麼不同……。」

平中左思右想，無神的雙眼突然往上一瞧……。

「咦！那邊走來的，不就是替女官整理房間的侍女嗎？」

那位看起來非常伶俐的侍女，身穿外紅內藍的薄襯衣，拖著一條深色的袴裙朝走廊這頭走了過來。她手裡捧著一個盒子，盒上則覆蓋著紅紙的畫扇，看來她正要去倒女官的糞便。平中見狀，心中突然閃過一個大膽的決定。

平中臉色一變，忽然擋住侍女的去路，搶下她手中的盒子後，迅速跑到走廊盡頭的空房裡。手中的盒子突然被人搶走，侍女立刻哭哭啼啼地追趕過去。但平中一進房便急忙地將門關上，並順勢上了門閂。

「對了！只要看到盒子裡的東西，就算是海枯石爛的愛意，也會瞬間如煙硝般消失得無影無蹤……。」

平中用顫抖的雙手，輕輕掀開覆蓋在盒子外的香染薄紗，他意外地發現盒子上竟然還有精巧而嶄新的蒔繪[1]。

「這裡面，就裝有女官的糞便。同時，也裝有我的性命……。」

1 日本工藝美術的一種。以金屬或貝殼塗嵌在漆器的表面，構成各種花紋圖案。

平中一直杵在原地注視著美麗的盒子。而房外隱約傳來了侍女的哭聲。但哭聲最後也在不知不覺中停下了，一片難熬的沉默正吞噬著平中。眼前的拉門和紙門都漸漸地如迷霧般消失。不！他甚至分不清現在到底是白天還是黑夜。他的眼中只有一個畫有杜鵑的盒子，鮮明地浮現於空中……。

「就是這個盒子！它將會解救我的性命，讓我永遠忘卻女官，全靠它了！只要掀開蓋子……。不！我得再仔細考慮一下。澈底忘掉女官是對的嗎？毫無生存意義地苟活是我想要的嗎？我實在無法做出抉擇！就算會因為過於思念她而死去，也不該掀開蓋子嗎？」

平中憔悴的臉龐淌出了淚水，事到如今他才陷入了猶豫之中。但在短暫的沉思後，他的雙眼突然一亮，心底發出一陣吶喊：

「平中啊平中！你就這麼沒出息嗎？那晚雨夜裡發生的事，你難道都忘了嗎？就連現在，或許那女官還在嘲笑著你的痴情呢！活下去！你要好好地活給她看！只要看過她的糞便，你就能獲得最後的勝利……。」

平中幾乎抓狂般，總算把蓋子打開了。盒中裝有半盒左右的液體，那黃中帶紅的液體中，沉澱著兩、三條顏色比液體更深的東西。此時，他聞到了一股夢幻似的丁子[1]香，這難道就是女官排出的糞便嗎？不！即使是吉祥天女，也不可能會有這種排泄物。他皺起眉頭，抓起了浮在最上層的東西，將那大約兩寸長的東西湊到鼻子前，近得幾乎快要碰到鬍子般重複聞了好幾次。這個味道確實是上等沉的香味。

「這到底是怎麼回事？好像連液體都是香的……。」

平中將盒子斜拿，淺淺啜了一口。這液體絕對是熬煮過丁子後所過濾出的清水。

「那麼，這東西也是香木囉？」

平中使勁咬了剛剛取出來的兩寸長條物，接著一股交雜苦澀的甜味直浸齒頰，最後還

1 熱帶地方所生長的熱帶植物。能以它的花蕾、花瓣或是果實，提煉出丁子香或是丁子油等香料。

在口中留下了橘子花的清涼香氣。女官不知是如何洞悉到平中的內心，竟用香料做出假的糞便來破壞他的意圖。

「女官！妳殺死我平中了！」

平中如此呻吟著，手裡的盒子也瞬間掉落在地。他最後昏倒在地板上，垂死的眼底，浮現出女官伴著紫磨金的光環，對他嫣然一笑……。

243 好色

1892	0	■三月一日出生於東京市京橋區（現東京都中央區），其父為新原敏三，經營牛乳業。母名福，於龍之介出生後七個月發瘋，龍之介便寄養於東京市本所區（現東京都墨田區）之母家，為其舅父的養子。
1897	5	■四月，進入江東尋常小學附屬幼稚園。
1898	6	■四月，進入江東尋常小學。
1899	7	■開始學習英文、漢學及寫字。
1900	8	■五月，爆發義和團運動，購買不少義和團運動的石板畫。立志當西畫家。
1901	9	■首次創作俳句，並開始閱讀泉鏡花等作者創作的現代小說。
1902	10	■三月，與同學創立傳閱雜誌《日之出界》，除了投稿文字創作外，同時包辦封面插畫、編輯等作業。 ■四月，進入江東小學高等科一年級。 ■十一月，生母——福去世（享年四十二歲）。正式入籍芥川家。開始大量閱讀書籍，喜讀江戶時代的文學作品。
1903	11	■四月，推出《日之出界》創刊一周年紀念號。
1905	13	■三月，畢業於江東尋常小學。

1906	14	▪四月，進入東京府立第三中學（現東京都立兩國高校）。成績優異，喜歡文史類書籍。喜讀幸田露伴、泉鏡花、夏目漱石、森鷗外等日本文學作品，此外對易卜生、法蘭西斯、阿納托爾等外國文學作品也很有興趣。 ▪四月，由大島敏夫、野口真造等人發行傳閱雜誌《流星》，擔任編輯發行人。 ▪八月，於《流星》發表《勝浦雜筆》。
1907	15	▪結識塚本文子。
1910	18	▪二月，於第三中學的第十五期《學友會雜誌》發表《義仲論》。 ▪三月，以全校第二名的優異成績，畢業於東京府立第三中學。 ▪九月，進入第一高等學校一部乙類（文科）。同學有菊池寬、山本有三等人。搬到內藤新宿二丁目（現新宿區）。
1912	20	▪一月，執筆《大川之水》，並於一九一四年發表。 ▪開始對妖怪產生興趣。並將親朋好友敘述的怪談一一整理記錄於《椒圖志異》筆記中。
1913	21	▪七月，畢業於第一高等學校。 ▪九月，進入東京帝國大學英文系。
1914	22	▪二月，與山本有三、菊池寬、豐島與志雄、山宮允、土屋文明、成瀨正一、久米正雄等人，第三度創刊《新思潮》。

- 四月，於《心之花》發表《大川之水》。
- 五月，於《新思潮》發表《老年》。
- 七月，對吉田彌生抱有好感，並於十二月寄出情書。
- 九月，於《新思潮》發表《青年與死》，同時宣布結束《新思潮》。
- 十月，移居北豐島郡瀧野川町字田端。

1915　23

- 二月，家中反對與彌生的婚事，戀情告吹。
- 四月，於《帝國文學》發表《火男》。
- 七月，收到彌生的婚訊。
- 十一月，於《帝國文學》發表《羅生門》。開始意識到塚本文子。在林原耕三的引介下，出席漱石山房之木曜會，遂成為夏目漱石之入門弟子。

1916　24

- 二月，第四度創刊《新思潮》，並發表《鼻子》，獲得漱石讚賞。
- 四月，於《新思潮》發表《孤獨地獄》。
- 五月，於《新思潮》發表《父》；於《希望》發表《虱》。
- 六月，於《新思潮》發表《酒蟲》。
- 八月，於《新思潮》發表《仙人》；於《人文》發表《野呂松人形》。
- 九月，於《新思潮》發表《猿》、《創作》；於《新小說》發表《芋粥》。以優異成績，畢業於帝大英文系，畢業論文為《威廉莫理斯研究》。
- 十月，於《中央公論》發表《手巾》。

■十一月，於《新思潮》發表《菸草與惡魔》；於《新小說》發表《煙管》。穩固了文壇中新進作家的地位。

■十二月，任職於海軍機關學校，擔任兼職教授。其師夏目漱石於九號辭世。

1917　25

■一月，於《新思潮》發表《MENSURA ZOILI》；於《新潮》發表《尾形了齋覺書》；於《世界文章》發表《運》；於《大阪朝日新聞晚報》發表《道祖問答》。開始對身兼老師與作家一事感到厭煩。

■三月，於《黑潮》發表《忠義》；於《讀賣新聞》發表《貉》；於《新思潮》的〈漱石老師追思號〉發表《葬儀記》，並同時宣告結束《新思潮》。

■四月，於《中央公論》發表《偷盜》。

■五月，出版首本短篇集《羅生門》。

■七月，於《時事新報》發表《軍艦金剛航海記》；於《中央公論》發表《續偷盜》。

■八月，於《鐘》發表《產屋》。

■九月，於《黑潮》發表《兩封信件》；於《中央公論》發表《某日的大石內藏之助》。

■十月，於《帝國文學》發表《女體》；於《文章世界》發表《單戀》；於《中央文學》發表《黃粱夢》。移居橫須賀，此時已躍居知名流行作家之列。

■十一月，出版短篇集《菸草和惡魔》；於《帝國文學》發表《蛙》；於《大阪每日新聞》連載《戲作三昧》。

1918　26

■一月，於《新潮》發表《斷頭的故事》；於《新小說》發表《西鄉隆盛》；於《人文》發表《英雄的氣度》。

■二月，與塚本文子結婚，於四月定居於鎌倉。
■四月，於《中央公論》發表《袈裟與盛遠》；於《新小說》發表《世之助的故事》。
■五月，於《大阪每日新聞晚報》連載《地獄變》。並在管忠雄的介紹下，師事高濱虛子，學習俳句創作。
■六月，執筆《踏繪》，後將名稱改為《邪宗門》，並在十月時於《大阪每日新聞晚報》展開連載，但經常停載，最後作品未完結。於《青年文壇》發表《惡魔》。
■七月，於《赤鳥》發表《蜘蛛絲》；於《中央公論》發表《開化的殺人》。出版短篇集《鼻》。
■九月，於《三田文學》發表《奉教人之死》。
■十月，於《新小說》發表《枯野抄》。
■十一月，於《雄辯》發表《路西法》。罹患流感，一度病重。

1919

27

■一月，出版短篇集《傀儡師》。於《新潮》發表《毛利先生》；於《赤鳥》發表《狗與笛》；於《中央公論》發表《當時的我》。
■二月，於《中外》發表《開化的良人》。接到大阪每日新聞的錄取通知。
■三月，辭退海軍機關學校教師一職。於《新小說》發表《基督教聖人傳》。生父敏三因流感過世（享年六十八歲）。
■四月，搬回田端，將二樓的書房命名為「我鬼窟」，禮拜日訂為會面日。
■五月，正式成為大阪每日新聞社社員。
■六月，於《大阪每日新聞》連載《路上》，但作品最終未完結。出席「十日會」，結識秀茂子。在東京高等工業學校，發表演講《小說的讀法》。
■七月，於《中央公論》發表《疑惑》。
■九月，因感冒而入院，住院期間執筆《妖婆》，並發表前篇。與秀茂子首次單獨見面。
■十月，再次與秀茂子會面。於《中央公論》發表《妖婆續篇》
■十二月，於《每日年鑑》發表《大正八年的文學界》。結識西洋畫家小穴隆一。

1920　28

■一月，於《中央公論》發表《鼠小僧次郎吉》；於《新潮》發表《舞會》；於《新小說》發表《葱》；於《赤鳥》發表《魔術》。出版短篇集《影燈籠》。
■三月，透過塚本文子的介紹，結識平松麻素子。長男比呂志出生。
■四月，於《中央公論》發表《秋》。
■五月，於《文章俱樂部》發表《黑衣聖母》；於《雄辯》發表《復仇的故事》；於《解放》發表《女》。
■七月，於《中央公論》發表《南京的基督》；於《赤鳥》發表《杜子春》。
■八月，前往宮城縣的青根溫泉避暑。
■九月，於《改造》發表《影子》。
■十月，於《中央公論》發表《阿律與孩子們》。
■十一月，於《中央公論》發表《阿律與孩子們後篇》。
■十二月，與宇野浩二同遊京都。

1921　29

■一月，於《改造》發表《秋山圖》；於《中央公論》發表《山鴨》；於《現代》發表《妙事》；

於《赤鳥》發表《火神阿耆尼》；於《大阪每日新聞晚報》連載《奇妙的重逢》。

■三月，出版短篇集《夜來花》，由小穴隆一設計裝訂。以大阪每日新聞海外觀察員名義至中國採訪，行程包括上海、杭州、西湖、蘇州、揚州、鎮江、南京、等地，回程途中順道經朝鮮後，於七月返國。

■八月，由於中國的酷暑加上疲憊，導致腸胃不適。於《大阪每日新聞》和《東京日日新聞》連載《上海遊記》。

■九月，於《中央公論》發表《母親》。

■十月，於《改造》發表《好色》。由於身體不適，前往湯河原的中西屋旅館靜養。

■十二月，神經衰弱的愈發嚴重，卻忙於隔年準備發表的作品，無法好好靜養。

1922

30

■一月，於《新潮》發表《竹林中》；於《中央公論》發表《俊寬》；於《改造》發表《將軍》；於《新小說》發表《諸神的微笑》。與菊池寬等人前往名古屋演講。

■二月，於《良婦之友》發表《三個寶物》。家中遭小偷。

■三月，於《大觀》發表《手推車》。出版短篇集《將軍》身體狀況不佳，神經衰弱、胃痙攣、心悸等病，使他不得不停筆休養。

■四月，將書房由「我鬼窟」改名為「澄江堂」。帶著阿姨等家人前往京都、奈良旅遊。於《中央公論》發表《報恩記》；於《新潮》發表《澄江堂雜記》；於《Sunday每日》發表《仙人》。

■五月，前往長崎旅行，中途短暫停留京都，旅行途中結識藝妓照菊，六月返回東京。於《改造》發表《阿富的貞操》。出版隨筆集《點心》。

1923

31

■六月，於《Sunday 每日》發表《長崎小品》。

■七月，於《中央公論》《庭》。

■八月，於《表現》發表《六之宮公主》；於《婦人公論》發表《魚河岸》。出版《沙羅之花》。

■九月，於《中央公論》發表《阿銀》。

■十月，於《新潮》發表《百合》。

■十一月，次男多加志出生。出版《邪宗門》。開始有失眠的症狀。

■十二月，得知好友小穴隆一罹患脫疽，大受打擊，並陪同小穴進行手術。由於身體不適，拒絕了明年新年的邀約。

■一月，於菊池寬創刊的《文藝春秋》連載《侏儒的話》。再度陪小穴進開刀房，右腳掌截肢。收留二姐的孩子葛卷義敏。

■三月，於《中央公論》發表《雛》；於《婦人公論》發表《猿蟹合戰》；於《Sunday 每日》發表戲曲《二人小町》。小穴隆一出院。前往湯河原的中西屋靜養約一個月的時間，失眠漸漸好轉。

■五月，於《改造》發表《保吉的筆記本》。出版短篇集《春服》。

■六月，次男多加志因消化不良住院，於七月出院。

■八月，於《局外》發表《孩子的病》。

■九月，於《中央公論》發表《春》。發生關東大地震，深受其害，為了救助受災的親戚，向新潮社預支一百圓。

▪十月，於《女性》發表《鞠躬》、《大震目錄》；於《中央公論》發表《大震雜記》。

▪十二月，於《中央公論》發表《阿吧吧吧吧》。前往京都大阪一帶旅行。

1924　32

▪一月，於《新潮》發表《一塊土》；於《改造》發表《三右衛門的罪》；於《Sunday 每日》發表《傳吉的復仇》。與大阪每日新聞社起了爭執。

▪二月，於《新小說》發表《金將軍》。

▪四月，於《Sunday 每日》發表《第四之夫》；於《改造》發表《寒冷》；於《女性》發表《文章》；於《中央公論》發表《少年》；於《婦人俱樂部》發表《某部戀愛小說》。

▪五月，於《中央公論》發表《少年續篇》；於《婦人公論》發表《文放古》。為了岡榮一郎的婚事，前往金澤會見其家人，滯留一段時間後轉赴大阪探望友人，於六月返回東京，擔任岡榮一郎與野口凌子婚禮的媒人。

▪六月，在第二十二屆全國教育者協議會演講《明日的道德》。因金澤行耗盡錢財，向中根駒十郎（新潮社）借了一百五十圓，並預支版稅兩百元。

▪七月，於《Sunday 每日》發表《桃太郎》。強盜侵入家中，不但被刺傷還被搶走了二十圓，犯人於十月遭到逮捕。出版短篇集《黃雀風》，由小穴隆一設計裝訂。前往輕井澤的鶴屋旅館，停留了一個月左右。

▪九月，返回東京自宅。於《改造》發表《十圓鈔票》；於《女性》發表《長江遊記》；於《隨筆》發表《輕井澤日記》。出版隨筆集《百草》。

▪十月，因腸胃不適臥床靜養。

1925	33

■一月，於《中央公論》發表《大道寺信輔的半生》；於《新潮》發表《馬腳》；於《東京日日新聞》發表《早春》。因感冒，再度臥床靜養。

■二月，於《中央公論》發表《學校的友人》。與蒲原有明共同編撰《近代日本文藝讀本》。染上流行性感冒無法外出。

■三月，於《明星》發表《越人》。出版《芥川龍之介集》，是由新潮社推出的現代小說全集第一卷作品。

■四月，為了養病，前往修善寺溫泉，寄宿於新井旅館，於五月返回東京自家。

■五月，於《新小說》發表《鏡花全集目錄開口》。

■六月，於《女性》發表《託付溫泉》。

■七月，確診罹患結膜炎。三男也寸志誕生。前往輕井澤，寄宿於鶴屋旅館。

■九月，於《中央公論》發表《海邊》；於《文藝春秋》發表《尼堤》；於《改造》發表《死後》。因感冒而臥床四、五天。

■十月，返回東京自家。透過中根駒十郎，借了三百圓。於《東京日日新聞》發表《微笑》。

1926	34

■一月，於《中央公論》發表《湖南之扇》；於《新潮》發表《年末的一日》。苦於失眠、腸胃不適、神經衰弱、痔瘡，前往湯河原的中西屋旅館，進行溫泉療法。

■四月，於《文藝春秋》連載《追憶》。開始頻繁服用安眠藥，並向小穴隆一透露自殺意圖。

■六月，同時進行溫泉療法與藥物治療，開始拒絕有截稿日的工作。於八號返回東京自宅。由於不斷腹瀉，引發腸黏膜炎，併發痔瘡。

▪七月，於《文藝春秋》發表《卡門》。為治療腸胃、神經衰弱等病症，遷至神奈川縣鵠沼休養，之後常常往返於鵠沼與東京。

▪九月，於《文藝春秋》發表《春夜》。

▪十月，身體狀況依舊沒有好轉。於《改造》發表《點鬼簿》。

▪十二月，出版隨筆集《梅、馬、鶯》。

1927

35

▪一月，於《女性》發表《他》；於《新潮》發表《他第二篇》；於《Sunday周日》發表《悠悠莊》；於《中央公論》發表《玄鶴山房》但作品未完結。姐夫西川豐住宅失火，且因被懷疑為縱火詐領保險金而自殺，芥川龍之介為姐夫善後四處奔走。

▪三月，於《改造》發表《河童》；於《婦人公論》發表《海市蜃樓》。

▪四月，於《Sunday每日》發表《三個為什麼》；於《改造》發表《誘惑》，連載《文義的，過於文藝的》；於《文藝春秋》發表《淺草公園》。計劃與平松麻素子殉情未果。

▪五月，於《新潮》發表《種子的憂鬱》。為宣傳改造社的《現代日本文學全集》開始在日本各地演講，其中於青森市公會堂的演講《漱石老師的話》，太宰治也為聽眾之一。

▪六月，於《Sunday每日》發表《古千屋》。返回東京自宅。再次企圖自殺未果。出版創作集《湖南之扇》。

▪七月，於《中央公論》發表《冬季與信件》；於《改造》發表《三扇窗戶》。於七月二十四日清晨在住家服用大量安眠藥自殺。於谷中齋場舉行葬禮。除了留下數封遺書外，並留有許多遺作。

▪八月，於《改造》發表《西方人》。
▪九月，於《改造》發表《續西方人》。
▪十月，於《改造》發表《某阿呆的一生》；於《文藝春秋》發表《齒輪》；於《文藝春秋》發表《侏儒的話》。

日本經典文學：羅生門 / 芥川龍之介作；李燕芬翻譯.
-- 初版. -- 臺北市：笛藤, 2018.08
面；　公分
ISBN 978-957-710-732-9（平裝）
861.57　　107011844

2024年7月15日　初版第4刷　定價280元

日本經典文學

羅生門

作者　芥川龍之介
翻譯　李燕芬
總編輯　洪季楨
編輯　黎虹君
編輯協力　陳怡君
封面設計　王舒玗
內頁設計　王舒玗
插畫　黑獅
發行人　林建仲
發行所　笛藤出版圖書有限公司
地址　台北市長安東路二段171號3樓3室
電話　(02)2777-3682
傳真　(02)2777-3672
劃撥帳戶　八方出版股份有限公司
劃撥帳號　19809050
總經銷　聯合發行股份有限公司
地址　新北市新店區寶橋路235巷6弄6號2樓
電話　(02)2917-8022 · (02)2917-8042
製版廠　造極彩色印刷製版股份有限公司
地址　新北市中和區中山路二段380巷7號1樓
電話　(02)2240-0333 · (02)2248-3904